U0131503

2011 不求人文化

2009 懶鬼子英日語

I'm 我識出版集團
I'm Publishing Group
www.17buy.com.tw

2006 意識文化

2005 易富文化

2004 我識地球村

2001 我識出版社

2011 不求人文化

2009 懶鬼子英日語

I'm 我識出版集團
I'm Publishing Group
www.17buy.com.tw

2006 意識文化

2005 易富文化

2004 我識地球村

2001 我識出版社

用英文片語
和外國人聊不完

使用說明
User's Guide

邊看邊學有效率

全書以漫畫形式，輕鬆串聯 117 個
生活常用英文片語，用有趣、活潑
的故事情節，激發你的學習動力，
邊看邊學，好玩又有趣，在無形之
中即可輕鬆牢記。

活用片語

每個故事都帶入一個生活常用片語，
只要看漫畫就能學習！利用輕鬆有
趣的故事內容，就能學會外國人天
天都在用的生活片語，並知道在實
際的情況下該如何靈活運用。

詞語字源速記

本書除了將生活常用片語教給
你，也在故事中加入單字的詞
語起源，搭配生動活潑的漫
畫，讓你邊看邊記，再也不會
看過馬上就忘記！

隨書附贈 MP3

除了學習生活常用片語，外國人的道地口
音也不能忘記！特邀美籍錄音員錄製全書
英文片語和例句，邊聽邊學可以增強記憶
和聽力，隨時聽隨時都能矯正發音！

課前預習、課後複習

單元後附有小試身手練習，透
過練習題不僅可以檢視自己
在這個章節所學的內容是否
有正確理解，也能夠有效掌握
學習進度，適時調整自己的學
習節奏。

★本書附贈 CD 片內容音
　檔為 MP3 格式。
★音檔編號即頁碼。

繼受到廣大讀者喜愛的《我的第一本英文學習書：學好英文，隨時可以重來》和《學英文甭背單字：只要 1 小時，英文好到嚇嚇的》之後，這次又發行了《用英文片語跟外國人聊不完：片語用得好，話題不怕少！》。

這本書跟之前兩本一樣，以奧利全家為主人翁，將他們平時熱鬧、有趣的生活藉由漫畫的形式來呈現，讓讀者能以看漫畫的心情，來學習英文片語。書中也收錄了英語單字的字源與由來，在英語學習上，可說是有「一石三鳥」的效果啊！

本書有以下的特點：

❶ 每個英文片語皆有詳細的例句，讓讀者能輕鬆習得該片語的實際應用方式。

❷ 本文所提及的英語單字，其字源、由來、意義為何，以及該單字的演變過程等，皆以生動有趣的漫畫來講解，再也不用死記硬背。

❸ 每個片語皆以不同的故事主題所構成，因此不需要按照順序來閱讀本書，可從自己最想知道的那個片語開始學習！

❹ 藉由奧利全家的故事，讓讀者在學習英語的同時，也豐富自己對西洋文化的認識。

希望讀者能藉由《用英文片語跟外國人聊不完：片語用得好，話題不怕少！》這本書，以輕鬆愉快的心情來學習生活中常用的片語，並同時增加自己對英語字源由來及西方文化的認識。

金暎㚤、金炯奎

2017.10

目錄
Contents

使用說明／002　　作者序／003

目錄／004

Chapter 1 奧利的日常

- be filled with ~ 使充滿、填滿／008
- be good at ~ 善於、擅長於／010
- be made of ~ 用～製造、由～製成／012
- be surprised at ~ 對～感到吃驚或意外／014
- say to oneself 心想、自言自語／016
- come up 走近、走到跟前、升起／018
- come true 實現／020
- get up 起床／022
- look around 環顧四周／024
- look like ~ 看起來像是～／026

- make use of ~ 使用、利用／028
- pick up 拿起、拾起／030
- put on ~ 穿上／032
- take away ~ 拿走、帶走／034
- take up ~ 拿起／036
- wake up 起床／038
- and so on 等等／040
- at first 起初、當初／042
- day after day 每日、每天／044

- each other 彼此、互相／046
- from now on 從此以後、從現在開始／048
- for a while 暫時、一會兒／050
- for oneself 靠自己、獨自／052
- little by little 漸漸地／054
- not ~ at all 根本不～、完全不～／056
- on foot 步行／058
- on one's way 在去～的路上、途中／060
- over there 在那裡／062
- plenty of ~ 大量的、很多／064
- thanks to ~ 幸虧、由於／066

Chapter 2 一起來 Party

- be afraid of ~ 害怕、擔心／070
- be covered with ~ 被~覆蓋、有很多~／072
- be famous for ~ 以~聞名、以~著稱／074
- be full of ~ 充滿／076
- be interested in ~ 對~感興趣／078
- be over 完成、結束／080
- be proud of ~ 因~感到驕傲／082
- a lot of ~ 許多、大量／084
- come from ~ 出生於~、來自於~／086
- come up to ~ 達到、靠近／088
- get together 聚集（人）／090
- between ~ and ~ 在~之間／092
- grow up 長大、成熟／094
- have a good time 過得很愉快／096
- laugh at ~ 聽（看）到~而笑、嘲笑~／098
- look after ~ 照顧、照看／100
- look into ~ 調查、朝~裡面看／102
- make a mistake 犯錯、出錯／104
- make a speech 發言、發表演説／106
- make up one's mind (to ~)
  下定決心、拿定主意／108
- take a walk 散步／110
- take care of ~ 照顧、留意／112
- take part in ~ 參加、出席／114
- wait for ~ 等著~／116
- worry about ~ 焦慮、擔心／118
- all night 整個晚上／120
- by oneself 某人自己、獨自／122
- in the future 在未來、將來／124
- for example 例如、譬如／126
- next to ~ 在~的旁邊／128

Chapter 3 全家人的歐洲旅遊

- in order to ~ 為了~／132
- take a trip (to ~) 去~旅行／134
- for a long time
  在一段很長的時間裡、很久／136
- get on ~ 搭乘／138
- in front of ~ 在~的前面／140
- run away 逃跑、出走／142
- get off ~ 從~下車／144
- be busy ~ing 正忙於~　／146
- instead of ~ 代替／148
- be pleased with ~ 滿意、喜歡／150
- call on ~ 拜訪／152
- look for ~ 尋找／154
- at least 至少／156
- at once 立刻、馬上、立即／158
- look at ~ 看~／160

Chapter 4 奧利的美國夢

- at last 最後、終於／164
- because of ~ 遠離、與～很遠／165
- far from ~ 因為、由於／166
- agree with ~ 同意～／167
- by the way 順帶一提、不過／168
- forever 永遠地／169
- find out 找出、發現／170
- most of all 其中、最重要的／171
- go by 過去、消逝／172
- all at once 突然／172
- turn off ~ 關掉／173
- go to bed 睡覺／173
- say hello to ~
  向某人問候、和某人打招呼／174
- pay for ~ 支付、為～付出代價／175
- right now 立即、馬上／175
- make friends with ~
  與～友好、與～熟悉／176
- on time 準時／177
- look forward to ~ 期待、期盼／178
- next time 下次、然後、接著／180
- far away 遠遠地／181
- hurry up 快一點、趕快／182

- catch a cold 感冒／182
- be ready to(for) ~
  準備做某事、做好～的準備／183
- once more 再一次、再度／183
- break down 停止運轉、故障、壞掉／184
- do one's best 盡最大的努力／185
- at that time 那時候／186
- for a moment 一會兒、片刻／188
- set out 動身、出發／189
- put off ~ 脫掉、去除、延遲／191
- at the same time 同時／192
- be different from
  與～不同、和～不一樣／193
- here and there 到處、各處／195
- more and more 愈來愈／195
- get along 過活、度日／196
- bring up ~ 扶養、培養／197
- happen to ~ 發生、偶然／198
- shake hands (with) ~ 和～握手／199
- before long 不久／200
- up to ~ 達到／201
- try on ~ 試穿（衣服）／202
- one another 互相、彼此／205

Hurry up!

Chapter 1

奥利的日常

be filled with~ 使充滿、填滿

The glass is filled with water. 這杯子裝滿了水。

The room was filled with many guests. 房間裡擠滿了客人。

The hall is filled with the audience. 大廳裡滿滿的觀眾。

The river was filled with fish. 那條河裡都是魚。

好，就說給你聽吧！在遙遠古希臘，人們在畫壁畫時……

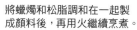

將蠟燭和松脂調和在一起製成顏料後，再用火繼續烹煮。

把這幅傑作留給後世吧！

用烙鐵在牆壁上漆上顏色。

這種畫法希臘語稱為「enkauston」。

en- 相當於英文的 in，kauston 的意思跟英文的 burnt 一樣，即，「用火燙上去」的意思。

en kauston
in   burnt

這個單字的拉丁語是「encaustum」，意思是「燒熱後熔上去」。

接著，成為法文裡的「enque」。

enque!

到了英文中，就變成了發音類似的「ink」。

ink!

真的是經過了很多過程，才變成英文的「ink」呢！

The bottle is filled with ink.
瓶子裝滿了墨水。

你要用墨水寫什麼啊？

我想寫一封問候信給住在美國的叔叔！

be good at ～ 善於、擅長於

He is good at drawing. 他畫畫畫得很好。

She is good at speaking two foreign languages.

她擅長兩種外語。（她兩種外語都說得很棒。）

She is good at dancing. 她很擅長跳舞。

Tyburn 是罪犯們執行死刑的行刑場。

在那個行刑場上，有一位名叫 Godfrey Derrick 的可怕死刑執行人。

呵呵呵…

用中文來形容我就是劊子手囉！

死刑的方法是在兩個柱子頂端橫放一段木頭，然後拿繩子套在犯人的脖子上，殘忍地把犯人吊起來活活勒死。

嚇…

一口氣解決你！

從此之後，**Derrick** 的這個名字漸漸變成了普通的名詞，成了「死刑執行者」的意思。

Derrick 來了！

死刑執行者！

同時，也帶有「絞刑台」的意思。

咚咚…

快把 **Derrick**（絞刑台）給修理好

因此現代就像絞刑台一樣，把東西吊起來的機器，就是 **Derrick**（起重機）囉！

到了現代～

He is good at controlling a derrick.
他擅於操縱起重機。

絞刑台…

涼快吧！

這真是令人毛骨悚然的消暑故事！

be made of 用～製造、由～製成

This table **is made of** wood. 這張桌子是由木頭製成的。

Do you know what it **was made of**? 你知道這是用什麼做的嗎？

It **was made of** iron. 那是用鐵製成的。

The house **was made of** stone. 這間屋子是由石頭製成的。

be surprised at ~ 對～感到吃驚或意外

We were surprised at the news. 我們對這個消息感到很吃驚。

You will be surprised at the number of different plastics you use every day. 你會驚訝自己每天所使用的各種塑膠製品數量之多。

Were you surprised at finding me here? 你是不是很驚訝我怎麼會在這裡？

say to oneself 心想、自言自語

The boy said to himself, "She is a pretty girl." 男孩心想「她真漂亮」。
Mother said to herself, "Thank God." 媽媽自言自語「感謝上帝」。
He said to himself, "Incredible." 他自言自語「難以置信」。

因此，**humor** 開始有了「心情」的意思！

心情

(h)umor

蠻有道理的！

不過

怒…

怎麼了？爸爸…，叔叔…

哈哈哈！

在「心情」的意思上，又多了一層「善變」之意。

一下子生氣一下子笑，真的很善變呢！

再進一步就是「誇張、出格」的意思。

是啊！因為善變所以很誇張！

然後，漸漸變成了「可笑的、幽默」的意思。

原來如此！

I said to myself, "Ori's father is humorous!"
我心想「奧利的爸爸真幽默！」。

現在你們自己去玩吧！

我爸爸很有趣吧！

是啊！

come up 走近、走到跟前、升起

A gentleman came up and talked to me. 一位紳士走過來跟我說話。
The moon will soon come up over the mountain.
月亮馬上會升至山的上方。
A pretty woman came up to me. 一位美麗的女人向我走過來。

就像你說的，以前家畜（**cattle**）就是很大的財產。

這是我所有的財產！

咯咯…

哞哞～

家畜中，最值錢的就是牛！

最棒！

你知道爺爺把牛賣掉供你爸爸念書這件事嗎？

你這傢伙，又在說我的弱點了！

奧利啊！

哈哈…

cattle（牛、家畜）以前是用於「資本」的意思，不過後來…

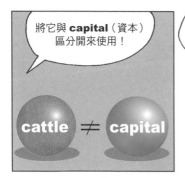

將它與 **capital**（資本）區分開來使用！

cattle ≠ capital

因此，自然而然地「資本」的意思逐漸消失，只剩下其原本的意思。

因為家畜是全財產的時代已經結束了。

比起 100 隻牛，位於台北市區的房子更為值錢。

確實如此。

奧利，可是叔叔我還是喜歡空氣好的鄉村！

Cattle came up to me in order to eat grass.
為了吃草，牛向我靠近。

這些傢伙想搶食物吃！

流口水！

come true 實現

His dream came true. 他的夢想實現了。

Her third wish will come true. 她的第三個願望將會實現。

I'm sure that your wish will come true in the future.
我相信你的願望未來一定會實現。

以前跟現在沒多大改變呢！

聽說很久以前在羅馬，想任職公職者，也會在路上到處跟人民宣傳自己呢！

請投我一票！

那個時候，「到處走動」的動詞，拉丁語稱為 ambīre。

一二！一二！

得再去拉一票！

我一定要當上公務員…

I

ambīre 一詞的名詞為「ambitiō」，意思是「希望上任者到處拜票」。

想拉票，必須得到人民的好感。

雖然跟他關係不怎麼好…

大哥，今天晚上來我們家喝一杯怎麼樣？

這之後就變成了「拍馬屁」、「吹捧」等的意思。

叫我投你一票的意思嗎？

接著又變成了「名利、慾望」等的意思

雖然有錢也很不錯，但名譽也很重要…

最後演變成「野心」的意思。

是啊，我也辦得到！

I can do it!

我得懷有更大的野心！

皇帝論

get up 起床

I get up at seven every morning. 我每天早上七點起床。

What time do you usually get up in the morning? 你早上通常幾點起床？

I get up at six and have breakfast at seven.

我六點起床，七點吃早餐。

look around 環顧四周

She looked around for a while. 她四下環顧了一會。

He looked around the classroom, but she was already gone.
他環顧了教室，但是她已經走了。

May I look around for a moment? 我可以四處看看嗎？

英文裡的 **lobby** 就是從 **lobia** 演變而來的。

lobby 一詞成了房子與房子之間的通路

或走廊的意思。

接著，意思漸漸演變成可以互相談話、聊天的，帶有走道的大房間或飯店裡的休息室。

之後，也可以說是議會裡的議員與外部人事會面時所使用的房間。

議員，今天謝謝您抽出寶貴的時間。

然後也出現了 **lobbyist** 一詞，就是指向議員報告實情或施加壓力的人（陳情者）！

這次的法案要請您幫幫忙了！

妳真厲害！那我出門囉！

哇～

He looked around the lobby.
他環顧了大廳。

朋友到底在哪裡啊？

look like ~ 看起來像是～

What does it look like? 這個看起來像什麼？
The plant looks like a butterfly. 那棵植物看起來像蝴蝶。
You look like a cook. 你看起來像廚師。
She looks like a princess. 她看起來像公主。

對，我就是無法區分鹽跟糖的笨蛋。

您聽錯了，我不是說笨蛋，我是在說「爐子」…

是這樣啊…

爐子？

好險！

呼～

可是為什麼突然說到爐子？

英語裡的 **fool**（笨蛋）

嘿…

就是從拉丁語的 **follis**（爐子、氣囊）演變而來的。

「笨蛋」跟「爐子」有什麼關係呢？

follis 原本是指用火烤的「火爐」。

後來，人們將這個字拿來比喻成像火爐一樣，「腦袋空空的人」的意思。

空空的！

follis 後來慢慢喪失「爐子」的意思…

You look like an etymologist.
你看起來像字源學家！

流傳到英語時，只剩下「腦袋空空的人」，即笨蛋的意思。

結果還是在說我笨蛋嘛！

用英文片語和外國人聊不完 | 027 ♪

make use of ~ 使用、利用

He doesn't know how to make use of a computer. 他不會使用電腦。

Any member can make use of the reading room.

任何會員都可以使用閱覽室。

She makes good use of her time. 她很會利用時間。

所以你就花錢請那位
朋友代寫是嗎？

起來！

是啊！

好吧，原諒你！
最重要的還是信裡
面的內容。

是啊，
謝謝妳的理解！

不過，
pen 的
字源是
什麼？

pen 是從拉丁語的
penna 演變而來的，
意思是指「羽毛」。

以前，人們會將羽毛
的尾端削尖，然後沾
墨水來寫字。

聽說發明鋼筆的是
1780 年英國的
S. Harrison。

羽毛的缺點
就是無法使
用得很久。

起初，鋼筆的筆尖
是沒有裂口的

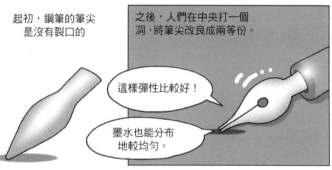

之後，人們在中央打一個
洞，將筆尖改良成兩等份。

這樣彈性比較好！

墨水也能分布
地較均勻。

好久沒有寫信給朋友了。

比起電子郵件，
親自寫信還是比
較有人情味。

I wrote the letter making use of a paper.
我用紙來寫信。

當然囉！

pick up 拿起、拾起

She picked up a book. 她撿起一本書。

Father picked up the phone. 爸爸拿起電話筒。

He picked up a pencil and began to draw a picture. 他拿起鉛筆並開始畫圖。

書這裡就有很多啊！

那是 beech（山毛櫸木）耶！

把山毛櫸木的樹皮剝下來

唰一

在上面寫上你想寫的字，那就是書啦！

刮一　刮一

那樣哪是寫啊？明明就是用刮的！

唉呦…

write（寫）一詞原本的意思就是「刮」、「刻」，你不知道嗎？

Ori picked up a book.
奧利拿起書。

是嗎？

就算是那樣，這又怎麼會是 book（書）的意思呢？

一開始沒什麼區別，都當做同一個意思使用，但後來需要有一個字來區分用來記錄事情的樹皮跟山毛櫸樹木。

所以，才會從 beech（山毛櫸木）衍生出 book（書）這個單字啊！

put on ~ 穿上

I put on my clothes in a hurry. 我急忙穿上了衣服。

When I go out, I always put on my new shoes.
我出門時，總是穿新鞋子。

Put on your coat. 穿上你的大衣。

因此，英法兩國派出了遠征軍來對付俄羅斯。

參加這場戰爭的卡迪根伯爵，勇敢地殺進俄羅斯的軍隊！

殺啊！

啊…

中彈了…

砰！

受傷的卡迪根伯爵

救命啊…

野戰＋醫院

好冷哦，可是受傷又不能穿套頭毛衣。

怎麼辦…

難道沒有衣服可以讓受傷的士兵禦寒嗎？

好冷…

對了！

將套頭毛衣稍微修改一下，做成胸前開釦式的毛衣，這樣就方便穿了！

We put on cardigans.
我們穿上了卡迪根毛衣。

真感謝卡迪根！

哇，好溫暖！

下次一定得穿卡迪根毛衣出門才行！

take away ~ 拿走、帶走

Please take these dishes away. 請將這些盤子收走。
Ali Baba has taken away a treasure. 阿里巴巴帶走了寶物。
How about taking it away? 把它收拾掉，如何？
She has taken everything away. 她全部都帶走了。

就像現在的 **bestseller** 一樣，曾風行一時。

Bestseller

那本詩歌的書名為 **Pamphilus**，僅僅只有 **10** 多頁而已。

這是我的！

Pamphilus

哇～

那本詩歌的書名 **Pamphilus**，希臘語的意思是「受到大家喜愛」。

這本很薄的詩集受到了大眾的喜愛

你看過了嗎？

我也看了！

當然！

後來，出版了很多像那本詩集一樣，很薄的書。

因此，這種小冊子在法國被稱為 **pamphilet**，被當作普通名詞來使用。

pamphilet

接著，這個單字引入英語後，就變成了 **pamphlet**！

電影是不是要開始了？

叮咚！♫

A boy has taken away my pamphlet.
一位男孩拿走了我的小冊子。

你還要拿？

方塊的冒險

take up ~ 拿起

He took up a book and began to read. 他拿起一本書，讀了起來。

She took up something on the desk and went out in a hurry.

她拿了桌子上的某樣東西後，急忙出門了。

She took up her pen. 她拿起了她的鋼筆。

現在的相本不但高級，有各種顏色，款式也很漂亮！

album！
（相本）原本拉丁語的意思是「白的」。

「白的」也可以解釋成什麼都沒有。

因此，也被當作「白紙」或「空白」的意思。

看看這個白色的框，是不是什麼都沒有呢？

我是要錢，你給我白紙要幹嘛？

後來，慢慢變成沒寫上任何字的「票」、「名單」、「目錄」等意思。

名單

把所有名單都寫完後再下班！

我老了，現在差不多該整理一下我的這一生了！

這些記錄了我每個重要的時刻

我要將它們貼在這個空白的地方。

貼！

最後，就變成了「紀念冊」或「可黏貼東西的本子」的意思。

wake up 醒來

I wake up at six every morning. 我每天早上六點起床。
Mother used to wake me up at six every morning.
媽媽以前每天早上六點叫我起床。
Please wake me up at five. 請五點叫我起床。

My father woke up at noon due to overdrinking.
爸爸昨天晚上喝醉了，所以中午才起床。

noon
forenoon 中午 afternoon
上午　　　　　下午

爸爸，這樣對吧？

noon（中午）是從拉丁語 nōna hōra 演變而來的。

對！

noon

nōna（第九個）+ hōra（＝hour）
＝即，從「第九個時刻」省略掉了 hōra。

不過，以前的 nōna 指的是現在的「下午三點」

在羅馬時代的基督教裡，會在這個時刻舉行宗教儀式，因此，將這個時刻的名稱拿來稱呼宗教儀式。

現在開始舉行 nōna。

基督教一傳到了英國，這個 nōna 儀式也一併傳了進來，古代英語稱它為 non。

不過，之後該儀式變成了在中午舉行。

non 儀式將在 12 點舉行。

隨著時間的流逝，non 儀式慢慢消失…

只剩下中午（12 點）的意思。

吃飯吧！

叮♫♪

胃好難受！我們快點吃午餐吧！要吃什麼呢？

嗚…

我們去吃披薩吧！

驚…

and so on 等等

I like to study English, history, music, and so on.
我喜歡學習英語、歷史、音樂等等。
In the room there are a chair, a table, a bed, and so on.
房間裡有椅子、桌子、床等等。

某個暗戀那位女子的男子，偷偷用杯子裝了一些溫泉水…

悄悄地…

接著，跟朋友們一邊祈禱著那位女子的健康，一邊將杯子裡的溫泉水一飲而盡！

真羨慕！

我的愛啊！
獻給美麗的妳！

哇…

我對溫泉水沒興趣！
只是喜歡吃吐司而已！

其中一位風趣的朋友這麼說著！

喜歡我？

從此之後，toast 就有了「可為她舉杯的美麗女子」的意思。不過，後來慢慢變成只有「舉杯、乾杯」的意思。

那我也要試試看英國的喝法！

杯子裡的吐司是指誰？

親愛的！

當然是妳啊！
還會有誰呢？

冒汗…

There are a candle, a remote control, and so on around the table.
桌子周圍有蠟燭、遙控器等等。

嘻嘻嘻！

哈哈哈！

at first 起初、當初

He was not strong at first. 起初他沒有那麼強壯。

At first I thought it was very interesting to learn English.
一開始我覺得學英文非常有意思。

At first I couldn't believe it. 起初我簡直無法置信。

day after day 每日、每天

He goes out day after day. 他每天外出。

I work hard day after day in order to give my children good education.
為了讓我的孩子接受更好的教育，我每天都很努力工作。

He studies English day after day. 他每天學習英文。

England 地區是由盎格魯撒克遜族統治。

Anglo-Saxon

而 Scotland 是由原住民的凱爾特族所居住的。

Celt

這兩個種族為了取得霸主地位，不斷地戰爭！

有趣的是凱爾特族每次戰鬥前，為了壓制對方，所有士兵會一起大聲吶喊！

哇～～

好嚇人～！

開始吶喊五秒！

sluagh + gairm
（軍隊）　　（吶喊）

這種吶喊在凱爾特語中叫 **sluaghgairm**，意思是「軍隊的吶喊」。

後來傳到了英語中，則變成了 **slogan**。

不過，在意思上已經與戰爭沒有任何關係，單純表示座右銘（**motto**）或「標語」的意思。

爸爸，我現在得去念書了！

I have been worrying about the slogan day after day.
我每天都因為標語而煩惱！

標語下周以前要交，爸爸幫我想一個嘛！

這傢伙！

你被陷害了！

each other 彼此、互相

We love each other. 我們彼此相愛。

The two boys struck each other until one of them cried.
兩個男孩互相打鬥，直到其中一人哭了出來為止。

We are next door to each other. 我們彼此是鄰居的關係。

from now on 從此以後、從現在開始

I will study English harder from now on.
從現在起我要更認真學英文。
He said to me, "I'll obey my parents from now on."
他跟我說「從此以後我要順從父母親」。

for a while 暫時、一會兒

She looked at me for a while. 她看了我一會兒。

They reached the sea and then rested for a while.
他們到了海邊之後，暫時休息了一會兒。

I stopped to watch the game for a while. 我為了看比賽，停了一會兒。

＊摩爾人：中世紀時征服伊比利半島的阿拉伯伊斯蘭教徒的名稱。

這個單字在法語中變成 **magasin**，
接著在英語中變成 **magazine**。

magazzino（西班牙語） **magasin**（法語） **magazine**（英語）

法語 **magasin** 目前還帶有
原本的意思「商店、倉庫」。

當然英文 **magazine** 也有
「彈藥庫」的意思。

彈藥庫

DANGER

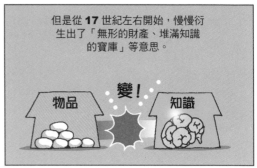

但是從 **17** 世紀左右開始，慢慢衍
生出了「無形的財產、堆滿知識
的寶庫」等意思。

物品 變！ 知識

在這種基礎上，又
更一步進化成現在
的「雜誌」的意思。

MAGAZINE

2
2006

所以，也有「彈藥
庫」的意思啊！

我送了妳這麼棒的禮物，
今天要準備豐盛的
晚餐哦！

She looked at the cover of the magazine for a while.
她看了一會兒雜誌的封面。

好的！

原來目的
是這個！

附錄
晚餐食譜

用英文片語和外國人聊不完｜051 ♪

for oneself 靠自己、獨自

He had to do the work for himself. 他應該靠自己完成工作。
You must judge for yourself. 你必須自己判斷。
They are old enough to live for themselves.
他們已經到了可以獨立生活的年紀。

意思是「討論、解釋、閱讀」等。

來討論吧！

rǣdan 是現在英語 read（閱讀）的字源。

以前的文字是統治階級在使用的，一般的百姓幾乎都是文盲。

?…

rǣdels

因此，read 也有「領悟文字」的意思。

Read!

從 rǣdan 中衍生出了名詞形 rǣdels。

再往前看～

rǣdels 在「討論、解釋、想像」等意思上，

多增加了「謎語」的意思。

rǣdels

可是，rǣdels 這個單字看起來很像複數形。

rǣdels

所以再把 s 拿掉，

s

咻一

別誤會是複數哦！

接著就變成了現在的 riddle！

每天都穿著黑色衣服的是什麼？

接下來出個真正的謎語吧！

Try to solve the riddle for yourself.
你靠自己來解開這個謎語吧。

好難哦…

不知道，答案是什麼？

＊正解：影子

用英文片語和外國人聊不完 | 053 ♫

little by little 漸漸地

She seemed to grow bigger little by little. 她似乎漸漸地長大了。

Little by little he was becoming weaker. 他漸漸地變得衰弱。

She is getting used to Taiwanese food little by little.
她逐漸適應了台灣的飲食。

人們對守護自己的星星自己愈來愈遠這件事情感到

很不安啊…

一定很不安吧？

是啊！

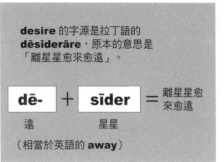

desire 的字源是拉丁語的 **dēsīderāre**，原本的意思是「離星星愈來愈遠」。

$$\underset{遠}{dē-} + \underset{星星}{sīder} = 離星星愈來愈遠$$

（相當於英語的 **away**）

英語的 **desire** 就是從這裡演變過來的。

「離星星愈來愈遠」跟慾望有什麼關係？

叔叔！

在英語中，表示「缺乏」意思的動詞，同時也表示「慾望」的意思。

舉例來說！

want?

want

want 有「不足」的意思跟「想要」的意思。

因為不足，所以才會想要囉！

有道理！

後來，**desire** 沒有了「缺乏」的意思，

The desire to eat more instant noodle grew little by little.
想吃泡麵的慾望逐漸變得強烈。

只剩下了「慾望」的意思啦！

not ~ at all 根本不～、完全不～

He can't speak English at all. 他根本不會説英語。
The English sentence is so difficult that I can't understand the meaning at all. 這個英語句子太難了，我根本無法理解它的意思。
I didn't go out at all yesterday. 我昨天完全沒有出門。

兒女們都不回家看她，年紀大了又身體不好，過得很辛苦！

方塊是想幫助那位老奶奶。

我們連方塊的用心都不懂，我們才愚蠢呢！

好慚愧！

下次見到方塊，得好好跟他道歉呢！

我們也幫忙那位老奶奶吧！

怎麼幫？

每天幫那位老奶奶按摩！

如何？

妳的模樣真 **silly**！

Good idea!

你敢嘲笑我！

怒！

不是啦！古代英語中的 **silly** 是「幸福的、受恩惠」的意思。

是哦！

後來變成「無害的、弱的、可憐的」的意思。

接著又變成「知識不足的、頭腦遲鈍的、判斷力不足」的意思。

敲！

最後才發展成「愚蠢的」意思！

不要指我！

on foot 步行

We go to school on foot. 我們走路去學校。

How long does it take to go to the museum from here on foot?
從這裡走路到博物館要花多久時間？

Did you come here on foot or by bus? 你是走路來的，還是搭公車來的？

那是什麼？

I arrived at the theater on foot.
我是走路到電影院的。

啊？

我腳好痠！

我把身上的錢都弄丟了！

嗚嗚嗚…

別哭！到了就好！我們開開心心去看電影吧！

到（arrive）？

arrive 是從拉丁語 **arrīpāre** 一詞演變而來的，分解開來看就是 **ad-**（到）和 **rīpa**（岸）！

ad + rīpa

即，**arrive** 就是指「搭船到岸」的意思。

終於到了！

煞車—

所以其他交通工具基本上是不能使用 **arrive** 的！

笨蛋，那個時候只有船一種交通工具而已！

隨著時間的流逝，意思也慢慢改變了！

敲！

我只是說最早是那個意思嘛！

嘻嘻～

用英文片語和外國人聊不完 | 059 ♩

on one's way 在去～的路上、途中

I met Jane on my way to school. 我在去學校的路上遇到了珍。

On our way home we talked about today's English examination.
我們在回家的路上，談論了有關今天的英語考試。

She met Ori on her way back. 她在回去的路上遇見了奧利。

聽完下面的故事，你就能理解了！

是啊！

在以前的希臘，勞力工作都是叫奴隸去做的…

嗚…

好累…

因此，支配階級便有了閒暇時間來討論哲學、天文、科學等的學問。

自然的根源是什麼？

你知道嗎？

於是「閒暇」便多了「議論、討論」的意涵。

那麼，就來通宵討論一下吧！

後來又演變成「討論或進行教學的地方」的意思。

千字文

？

最後，才變成了「學校」的意思。

school

去學校吧！

我去學校認真玩玩再回來！

真是聰明的孩子！

這傢伙！

媽媽，我沒有鉛筆了！

對了！

On my way to school, I'm going to buy some pencils.
去學校的路上，我要買一些鉛筆。

剩下的當作你的零用錢！

老婆，也給我點零用錢嘛！

over there 在那裡

The lady over there is one of my aunts. 在那邊的女士是我其中一位阿姨。
Look at the many moving cars over there. 你看在那裡奔馳的車子。
It's over there. 在那裡。
His cap is over there. 他的帽子在那裡。

plenty of ~ 大量的、很多

We have plenty of books to read. 我們有很多書可以讀。
There is plenty of time to help him with his homework.
有很多時間可以幫助他寫作業。
Children need plenty of sleep. 孩子們需要充足的睡眠。

不過您知道洋娃娃（doll）的字源嗎？

我們這間店會告訴顧客洋娃娃的字源哦！

可以講給我聽聽嗎？

是嗎？

女性的英文名字中有 Dorothy。

Dorothy 妳在哪裡？

這個字在古希臘文裡表示「神的禮物」之意。

親！

妳是神的禮物！

西方人會將名字簡化，當作暱稱來叫。

名字

Dorothy 會簡化成 Dora, Doll, Dolly 等。

Dora, Doll, Dolly!

Yes, Mom! I'm here.

然後，有人開始製作跟自己的女兒很像的娃娃⋯

做一個跟我們 Dorothy 一模一樣的娃娃吧！

接著，開始稱那個娃娃為 Doll

我把洋娃娃叫做 Doll 吧！

隨著時間的流逝，這個字成了普通名詞，最後就變成現在的 doll 啦！

那麼，依字源來看，只要不是女孩子模樣的娃娃都不能叫 doll 囉！

原來如此！

thanks to ~ 幸虧、由於

Thanks to you, I had a very good time. 多虧了你，我度過了美好的時光。
Thanks to bad weather, we had to put off the trip.
因為壞天氣，我們延遲了旅行。
Thanks to his help, we were saved. 多虧了他的幫助，我們才得救。

爸爸，fine 不是「優秀的」、「好的」的意思嗎？

嗯！

跟「罰金」的意思差很多對吧？

由拉丁語 **finis**（完結）一詞經過法文，

最後變成了英語單字 finish（結束）。

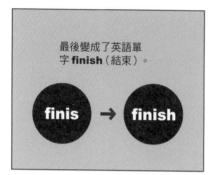

古代法文 **fin** 這個名詞原本是指「完」的意思，後來發展成「紛爭的結束」，即「解決」的意思。

所有事情都結束了，都解決了！

呼～

紛爭

後來演變成英文，就成了為錯誤的事畫下句號的「**fine**（罰金）」之意。

用這個解決！

fine

可是，後來為什麼又出現了「優秀的」、「好的」等意思，這還不清楚！

？

你是萬事通，對吧？

爸爸！

Thanks to my father, I study English very hard.
多虧了爸爸，我很認真學英文。

這小子！

看到兒子這麼好學，還是在外面吃飯吧！

這都是從書裡學的啦！

請根據中文句意，在空格內填入正確片語。

1. The bottle _____ with ink.
   瓶子裝滿了墨水。

2. Will his ambition be able to _____?
   他的野心能夠實現嗎？

3. He _____ the lobby.
   他環顧了大廳。

4. What does it _____?
   這個看起來像什麼？

5. Ori _____ an album.
   奧利拿起了相簿。

6. I will keep a diary _____.
   從現在起我要每天寫日記。

| 4. look like | 5.took up | 6.from now on |
| 1. is filled with | 2.come true | 3.looked around |

解答：

下面這些片語你都會了嗎？不會的話趕快翻開下一章吧！

■ be famous for   ■ make up one's mind

■ come from   ■ take part in

■ look after   ■ worry about

■ laugh at   ■ for example

Chapter 2

一起來 Party

be afraid of ~ 害怕、擔心

I am afraid of snakes. 我怕蛇。
Don't be afraid of making mistakes when you speak to foreigners in English. 不要害怕用英語跟外國人講話會講錯。
The cat was afraid of the dog. 那隻貓怕那隻狗。

那麼，閃電從現在起跟我算是鄰居了呢！

我們來看看「鄰居」的字源吧！

neighbo(u)r

neighbor 是由古代英文的 **nēah** 跟 **gebūr** 所組成的。

nēah

gebūr

nēah 是 nigh（近的＝ **near**）的意思

gebūr 是在 **boor**（農夫）的前面加上接頭詞 **ge-**（一起）所形成的

ge-

因此，**nēah-gebūr** 的意思是「隔壁農夫」。

那個最早是農夫們之間會用的字嗎？

當然囉！

因為以前是以農業為主的社會嘛！

閃電很聰明呢！

看來不是泛泛之輩呢！

Ori was afraid of Flash.
奧利害怕閃電（人名）。

很強的對手呢！

明天見！

先發制人成功！

呵呵呵…

用英文片語和外國人聊不完 | 071 ♪

be covered with ~ 被～覆蓋、有很多～

The top is covered with snow. 山頂被雪覆蓋。

All the gardens are covered with beautiful flowers.
整個庭院被美麗的花所覆蓋。

The highway was covered with snow. 高速公路被雪覆蓋。

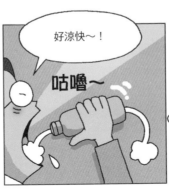

好酷哦！

哇～

是因為我們是騎馬民族的後裔嗎？

不是啦！我是說 **road** 原本的意思是這個啦！

road 的字源是古代英語的 **rād**

rād

rād 原本的意思是「騎馬」

之後，又變成了「騎馬去旅行的」意思。

這樣啊！

把 **road** 當作「道路」的意思來使用，是從莎士比亞（**William Shakespeare**）以後才開始的。

休息結束！

出發吧！

The road is covered with fallen leaves.
那條路被落葉覆蓋。

To walk,or not to walk?
到底要不要走啊？

走在這條路上，就突然想吟詩啊！

be famous for ~ 以～聞名、以～著稱

London is famous for its fog. 倫敦因濃霧而出名。

Korea is very famous for the beauty of its scenery.
韓國以美麗的景色而聞名。

The city is famous for its historic sites. 這座城市以歷史遺跡聞名。

我走不動了…

沒有東西吃嗎？肚子餓了…

咕嚕咕嚕一

我包包裡有這個。

餅乾

這個餅乾怎麼跟石頭一樣硬啊？

硬梆梆！

餅乾（**biscuit**）是由 **biscoctus** 變化而來的，**bis** 有「兩次、再次」的意思，**coctu** 有「被料理」的意思。

就如同字面上的意思，有烤兩次而製成的意思呢！

biscuit 比一般麵包的水分要少，所以能夠長時間保存。

麵包不能存放很久嘛！

因此，將它製成了能在長途旅行中食用的乾糧。

四天三夜的旅途，帶這些應該夠了！

話說我們迷路已經兩個多小時了。

也許我們會餓死…

奧利！

瑪麗！

？

你們沒事真是太好了！找你們找了好久～

這段時間你們都吃什麼呢？

這個啊…

餅乾

用英文片語和外國人聊不完 | 075

be full of ~ 充滿

Every room is full of many books. 所有的房間都裝滿了書。

The lake is full of water because we had a lot of rain last night.
因為昨天晚上下了很多雨，因此湖裡有滿滿的水。

Our way is full of danger. 前面的路危險重重。

The concert hall is full of teenage fans.
演唱會場地擠滿了十幾歲的粉絲。

人好多，好熱哦！

有 **fan** 嗎？

妳是說這個 **fan**（扇子），還是那個 **fan**（粉絲）？

哇！

是在講同一個 **fan** 啊！

是嗎？

fan 是從英語 **fanatic**（狂熱者、盲信者）一詞演變而來的。

雖然 **fan** 主要使用在演藝圈或體育上，

哇！

踢！

但 **fanatic** 卻主要使用在宗教或政治上。

哇！

嗨！希特勒

舉！

fanatic 的字源是拉丁語的 **fānāticus**。

The temple is full of fanatics.
神殿裡滿滿地都是信徒。

因為熱衷於 **fānum**（神殿），所以有入魔、瘋狂的意思。

可是「扇子」是完全不一樣的意思耶！

這樣啊！

那是由拉丁語 **vannus** 一詞演變成古代英語的 **fann**。

vannus 以前是「畚斗」的意思。

be interested in ~ 對～感興趣

I am interested in music. 我對音樂感興趣。

They are very interested in sports. 他們對體育很感興趣。

She is interested in speaking English. 她對英語會話感興趣。

Are you interested in the role? 你對那個角色感興趣嗎？

因為當時有很多騎士沉迷於打保齡球。

今天也來打一局吧！

然後，慢慢疏忽武術的磨練，每天都在玩保齡球

好啊！

因此，生氣的領主

你們這些混蛋，敵人不知道哪時會攻過來，還每天在玩！

別打了，開始磨練武術！

對部下下了禁止打保齡球的命令！

啊…

砰！

原來有這段故事啊！

保齡球的字源是 **bowl**，意思是「用木頭做的圓形球體」。

朋友啊！

後來經過法語，最後變成了拉丁語的 **bulla**！

bulla！那是什麼意思？

bulla 原本的意思是「用肥皂水吹出來的球狀泡沫」。

說保齡球是泡沫…！這段時間我都不知道花了多少錢來練習耶！

蛤？

I'm interested in bowling.
我對保齡球感興趣。

我也要全中！

be over 完成、結束

Winter is over, and spring has come. 冬天結束，春天來臨。
We went home as soon as school was over at three.
我們三點一放學就回家了。
His sadness will soon be over. 他的痛苦即將結束。

之後，變成和普通人不同、擁有特殊技能的人

老公，電視上播的馬戲團不是都在室內表演嗎？

史上最大規模馬戲團表演

在圓形的帳篷裡向觀眾們表演自己技藝之處，就是稱為「circus」。

那是馬戲團的傳統！

就算是在室內表演，也不會使用四方形的舞台，而是架設稱為 ring 的圓形舞台。

爸爸，那麼這跟圓（circle）也有關係囉？

The circus was over while we were talking.
在我們談話的時候，馬戲團表演結束了。

沒錯！拉丁語的 circus（圓）後來被英語的 circus（馬戲團）所使用。

另一個就是變成英文的 circus（圓）。

啊…害我沒認真看表演…

be proud of ~ 因～感到驕傲

I'm proud of winning the game. 我為贏了那場比賽感到自豪。
Mother is proud of her son
because he got the top prize at the speech contest.
媽媽以她的兒子在演講比賽中得到第一名感到驕傲。

I'm proud of being a Taiwanese.
我以身為台灣人為傲。

哇～　當然！

爸爸，我們贏了嗎？

希丁克的用兵戰術太厲害了！

爸爸，希丁克是誰？

是國家代表隊的主教練（head coach）啊！

不是換成阿德沃卡特了嗎？

是嗎？我以為是希丁克，什麼時候換的？

看這裡！

總之！

在 19 世紀時，對不念書的孩子

討厭念書…

以暴力的方式來教導孩子的家庭教師，被稱為「coach」。

你要挨打，還是要念書？

這本書那麼有趣，就算你叫我不要看，我也會看！

現在則是把指導體育競賽的人，稱為「教練」。

所以平常拿著棍子逼我念書的爸爸也是教練囉！

a lot of ~ 許多、大量

There are a lot of parks in Seoul. 首爾有很多公園。
We have a lot of rain in June. 六月降雨量很大。
There are a lot of tigers in India. 印度有很多老虎。
There are a lot of races in Asia. 亞洲有很多民族。

瑪麗跟我說
爸爸！

在英國巴士總站叫做「Coach station」。

他們將大型巴士稱為「coach」。

是…是嗎？

跟 coach 的 spelling 一樣呢！

coach

這個媽媽講給你聽！

在匈牙利這個國家裡，有一個名叫「Kocs」的城市

Kocs

敲…敲…

這個城市在 15 世紀時，以製造性能佳的馬車著名。

真舒適～！

當時的馬車會在車身安裝上彈簧

再用四匹馬來拉，那時歐洲的貴族們認為唯有搭上這種豪華的 **Kocs** 馬車，才能顯示自己的貴族身分。

馬！

是 **Kocs** 馬車！

他們將這種高級馬車稱為 **Kocs**！

經由法語，演變到英語時，就成了讀音相似的 **coach** 了。

後來，只要是這種外形的馬車都被稱為 **coach**。

There are a lot of coaches in the station.
車站裡有很多巴士。

後來，英國漸漸沒有了馬車之後，英國人便將大型巴士稱為 **coach**。

原來如此！

所以 **coach tour** 就是指「搭乘巴士旅行」的意思囉！

瑪麗她們家今年夏天會參加 **coach tour** 呢！

是嗎？

你是不是想暗示我，你也想去玩對吧？

心機很重耶…

come from ~ 出生於～、 來自於～

Where do you come from? 你來自哪裡？
The English word came from French. 這個英語單字來自法語。
She comes from New York. 她來自紐約。
He comes from a middle-class family. 他出身於中產階層的家庭。

它是來自拉丁語的 **prīnceps**

prīn 是「最初的、第一的」意思，**ceps** 是「採用」的意思，因此整體來說就是「第一人」之意。

prīn+ceps

在古代英文中，**prince** 是指「領主、統治者」之意。

兒子，從今天起就叫你 Prince of Wales 吧！

不過，從愛德華三世（**Edward III**）開始將皇子稱為 Prince of Wales。

謝謝您，父皇！

因此，原本「領主、統治者」的意思消失，變成了即將繼承皇權的「皇太子、王子」之意。

可是國王的兒子不只有一位啊！

後來，國王的所有兒子都一樣被稱作「**prince**」。

我也是！　我也是！

來訪問的阿卜杜拉王子今天下午已經抵達了機場。

他是哪個國家的王子？

The prince comes from Saudi Arabia.
那位王子來自沙烏地阿拉伯。

come up to 達到、靠近

A gentleman came up to me. 一位紳士走向了我。

I came up to her and said, "Say hello to your mother."
我走向她跟她說「代我向妳母親問好」。

The water came up to the house. 水湧向那間房子。

bride（新娘）和印歐語的字根 bru-（做菜、釀酒）有著很大的關連。

那個從古至今不管哪裡都是這樣的！

做料理 釀酒

在家裡做飯是女人的工作！

＊印歐語：印度－歐洲語族。

就是在這個意思上，才出現了 bride（新娘）一詞！

不過，妳會做菜嗎？

料理學院

我念了一年多的料理學院呢！

妳平時這麼忙，還有時間念書啊！

哇，真了不起！

不是我啦！

是我的新郎（bridegroom）！

什麼？

哇～　哈哈哈～

不是說好是祕密嗎？

I think that he is coming up to me.
我覺得他在靠近我。

呵呵呵

get together 聚集（人）

People got together around the beggar. 人們聚集在乞丐的周圍。
A lot of people got together at the scene of an accident.
很多人聚集在事故的現場。
Let's get together tomorrow. 明天再集合吧！

between ~ and ~ 在～之間

He sat between him and her. 他坐在他跟她之間。
The train runs between Seoul and Busan. 這班列車在首爾與釜山之間行駛。
I'll see you between two and three o'clock tomorrow.
我明天會在 2 點到 3 點之間與你見面。

乾杯！

Congratulations, Sam-soon!

妳老公的名字是？

John!

那我們問問 John 吧！
看他喜歡三順的什麼
才結婚的！

好啊！

我愛三順的全部！

奉淑小姐！

中文說得真好！

哇—

因為我跟他說必須學中
文，才要跟他結婚！

grow up 長大、成熟

Mari grew up to be a pianist. 瑪麗長大後成了鋼琴家。
She grew up in Seoul. 她在首爾長大。
What are you going to be when you grow up? 你長大後想做什麼？
Where did you grow up? 你在哪裡長大的？

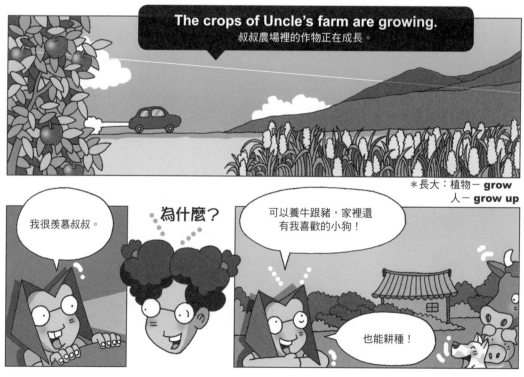

*長大：植物－ grow
　　　人－ **grow up**

是啊！農夫（**farmer**）是很棒的職業呢！

那很辛苦的，不但很難有休閒娛樂，又不能常跟朋友見面…

我不喜歡…

你付出多少努力，土地就會給你多少回報！

土地是不會騙人的！

我退休後，也想跟弟弟一起經營農場（**farm**）！

farm 在成為農場的意思之前

奧利啊！

這一片都是我的土地，我都租給佃農耕種。

是「租給他人的耕地」之意。

哇～

在更之前的意思是繳交給地主的佃租，

這些繳給地主後，就沒東西吃了！

或百姓繳納給領主的稅。

這些是這次的稅。

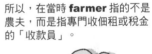

所以，在當時 **farmer** 指的不是農夫，而是指專門收佃租或稅金的「收款員」。

我不是農夫！

啊～原來是這個意思！

我決定了！

I want to be a farmer when I grow up.
我長大後要當農夫。

就跟你說很辛苦！

have a good time 過得很愉快

I've had such a good time. 我過得相當愉快！
We were invited to his birthday party and had a very good time.
我們被邀請參加他的生日派對，過得很愉快。
We had a good time at that time. 我們那時候度過了愉快的時光。

如果去查 **lady** 的字源,會發現它原本是古代英語的 **hlæfdige**。

終於找到了!

hlæfdige

hlæf 是現代英語 **loaf**(麵包塊)的字源,**-dige** 是與 **dough**(生麵團)有相關的字。

hlæf　dige
↓　　↓
loaf　dough
(麵包塊)(生麵團)

今天晚上就做好吃的全麥麵包給家人吃吧!

原本的意思是「為了做麵包,而和麵糰的女子」,即,「家庭主婦」之意。

「家庭主婦」的意思隨著時間的流逝,慢慢變成有錢人家的「夫人」之意。

Lady!

後來,在意思上又升格成「城主」或「貴族」的夫人之意。

不過,象徵高貴身分的 **lady** 之意,隨著民主意識的抬頭,

人不分貧賤。

現在只要是 **20** 歲以上的女性,都可以稱呼為 **lady**。

Hope you'll have a good time.
祝你們有個愉快的時光。

大姊姊也很厲害!

laugh at ~ 聽（看）到～而笑、嘲笑～

They laughed at a funny story. 他們因為一個有趣的故事笑了。

People laughed at him for being poor.

人們因為他貧窮而嘲笑他。

She often laughs at me. 她經常嘲笑我。

看這個單字可以發現是 **hlāf-**（麵包）跟 **-weard**（＝看守 **ward** 的人）。

hlāf ＋ **weard** ＝ 看守麵包的人

可是看守麵包的人和主人有什麼關係？

主人　看守麵包的人

對我們來說米是主食，對西方人來說麵包是最重要的糧食。

所以，看守糧食的人就是一家之主，也就是「主人」囉！

後來又從一家之「主」之意

沒錯！

慢慢變成一般貴族的尊稱

我是貴族！

之後，又將它寫成大寫的 **Lord**，漸漸也成了神（**God**）的意思。

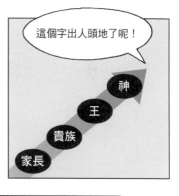

這個字出人頭地了呢！

神
王
貴族
家長

那我長大之後，也會成為 **lord** 囉？

嘻嘻～

這孩子到底是像誰，這麼會裝模作樣！

My parents laughed at my story.
爸爸媽媽聽了我的故事之後笑了。

簡直跟你一個模子刻出來的呢！

look after ~ 照顧、照看

The young girl looked after them. 那位小女孩照顧了他們。

I'll look after your baby when you're gone.
你不在的時候，我會照顧你的小孩。

She looked after the cats. 她照顧了貓咪。

look into ~ 調查、朝~裡面看

He looked into the window. 他往窗戶裡面看。

The police promised to look into the matter.
警察承諾要調查這個案件。

She looked into his eyes. 她深情地看著他的眼睛。

My father looked into the window of the helicopter.
爸爸往直升機的窗戶裡面看。

呵…

我相信你…不過…

真的可以修好嗎？

爸爸我可是理工科出身的！

內部應該是沒有損壞…

直升機一詞是怎麼誕生的？

直升機是由希臘語 **helix-**（螺旋、旋轉）和 **pteron**（翅膀）兩個字結合而成的，表示「旋轉的翅膀」之意。

在 **1490** 年左右，李奧納多•達文西用素描描繪出了與現代直升機相似的帶螺旋槳的飛行物體。

在 **18** 世紀末時，法國利用這個原理製作出玩具，那時被稱為「hélicoptère」。

李奧納多•達文西的素描

之後，英文直接採用了這個法文單字

我們也稱它為 **helicopter** 吧！

要怎麼稱呼它？

有可以旋轉的翅膀又可以飛行，那就叫它 **hélicoptère** 吧！

後來，到了第二次世界大戰末期時，直升機的使用已經相當普遍了。

哇～

make a mistake 犯錯、出錯

I made a mistake in reading. 我閱讀時出錯了。

Don't be afraid of making a mistake when speaking English.

說英語時不要怕出錯。

He made a big mistake. 他犯了一個大錯誤。

你看那邊！

爸爸！

驚！

這些人怎麼可以在公園裡野炊呢？

我要打電話跟公園管理員檢舉才行！

They are making a mistake.
他們犯了錯誤。

快點！

他們竟然敢做出這種行為！

They must be savages.
他們肯定是野蠻人。

唉～那些野蠻人！

原本是都市人用來稱呼住在森林裡的人的用語。

因此，才開始有了「野蠻人、粗野的人」的意思。

又髒又沒素養…

隨著時間的流逝，原本「住在森林裡的人」之意漸漸消失，

現在，用來指那些沒有文化素養的人，都可以叫 savage。

make a speech 發言、發表演說

He will make a speech on the radio tonight.
他今天晚上會在收音機裡發表演說。
She will make a speech at the speech contest today.
她會在今天的演講比賽中演講。

make up one's mind (to ~) 下定決心、拿定主意

She made up her mind to marry. 她決定結婚。

I made up my mind to get up early in the morning.

我下定決心早上要早點起床。

He made up his mind to meet her. 他決定要跟她見面。

I made up my mind to be a soldier.
我決定當一名軍人。

還是嫂子好，知道我喜歡吃什麼！

好吃好吃…

在軍隊裡沒東西好吃嗎？

呵呵！

好久沒吃到像樣的東西了！

打嗝─

我吃飽了！

吃飽了，現在跟你說說有關 soldier 的字源吧！

英語單字 solid（固體的）字源是拉丁語的 solidus（堅固的），其當作名詞的意思是「硬幣」。

＊硬幣：用金屬鑄造的貨幣。

solidus 的字形逐漸發生變化，成為了 soldum，意思也從「硬幣」變成了「工資」。

對了！

今天是發薪水的日子！

羅馬時代時，政府所支付的費用中，占最大比重的就是發放給軍人的薪水。

努力保衛我們的家園！

我必定奮力保衛家園！

之後，意思就慢慢變成領取工資的人，即，「軍人」之意。

最後，這個字演變成英文單字的 soldier。

那叔叔領多少工資呢？

take a walk 散步

He takes a walk every morning. 他每天早上都去散步。

It is good for us to take a walk every morning.

每天早上散步，對我們有好處。

Taking a walk is good for your health. 散步對你的健康有益。

在西方的男性名字中，一個是 **Robert**

我的名字是羅伯特！

| **Robert** 的暱稱是 **Robin** | 在熟識的人之間，一般會使用 **Hobin or Hob** | 最後就變成了 **Hobby** |

不過，可能是很多名字叫 **Hobby** 的人臉都很長（馬臉）。

Your name?

好像馬臉哦！

Robert!

因此，後來 **Hobby** 就被當作一般名詞，表示「小馬」之意。

hobby!

之後，在 **16** 世紀左右，一種叫做 **hobby-horse** 外型像馬的玩具，開始受到孩子們的歡迎。

快買給我！

那時，指大人沉迷於某一愛好，也被叫作 **hobby-horse**。

哎呀，最近不知道為什麼變得很愛閱讀啊！

後來 **horse** 逐漸變得不再使用，只剩下 **hobby** 一詞。

hobby

horse

My hobby is taking a walk every day.
我的嗜好是每天散步。

那爸爸的嗜好是什麼？

take care of ~ 照顧、留意

We must take care of our children. 我們必須照顧我們的孩子。
Who is taking care of the baby? 是誰在照顧那個孩子呢？
Take care of yourself. 照顧好自己，保重！（道別時的問候語）
Please take care of the house. 請你好好看家。

怎麼會有這種意思啊？

是嗎？

那時，根本沒有「主婦」這種承認女性身份的詞彙。

父親是絕對的掌權者。

嗯哼！

像妻子、子女、僕人、奴隸等都是服侍父親的「下人」。

這些意思都含在 **family** 中。

聽妳這麼說就很想馬上回到過去！

哇～

什麼？

你皮在癢？

還是算了吧，到時候生日變成忌日就糟了！

驚…

Thank you for taking care of our family.
謝謝你照顧我們的家人。

今天是你的生日，我就不計較了！

拍手！

謝謝老婆大人！

哈哈哈！

我最愛吃蛋糕！

take part in ~ 參加、出席

We all took part in the party. 我們全都參加了那個派對。
Last week she took part in the speech contest and won first prize.
上周她參加了演講比賽，得了第一名。
I took part in the game. 我參加了那個比賽。

俱樂部（**club**）不只有「同好會」的意思，還有「棍棒」之意。

我以為你要打我！

呼…

以前會將賽黑樺木這種又粗又硬的木塊

削成表面凹凸不平的棍棒。

聽說沒有人能禁得住被這種棍棒打一下。

砰！

這就是 **club**，是來自挪威語的 **klubba**（棍棒）。

被 **club** 打了！

啊…

棍棒的意思我已經懂了，不過後來怎麼也有了「同好會」的意思呢？

好！

這個嘛！

是不是因為棍棒上的坑洞很密集，所以，「坑洞→密集→同好會」的順序演變而來的呢？

這傢伙推理能力不差嘛！應該是如此吧！

I am going to take part in the club meeting.
我會參加俱樂部的聚會。

總之，明天是定期聚會日，你一定要來哦！

wait for ~ 等著～

Mother is waiting for her son. 媽媽正盼著兒子回來。

He was waiting for the bus to come. 他等著公車過來。

They waited for him to arrive. 他們等著他的到來。

I would rather walk than wait for the bus. 與其等公車，我不如自己用走的。

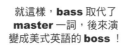

worry about ~ 焦慮、擔心

Don't worry about it. 你不用擔心那件事。
We'll have an English test tomorrow, but there's nothing to worry about.
明天會考英文，不過沒什麼好擔心的。
I worry about my parents' health. 我擔心父母親的健康。

不過，在 11 世紀
左右的波斯

曾有一個以殘忍聞名的
祕密恐怖組織。

這個組織會讓執行殺人
命令的成員，服下這種
hashīsh。

乾了一

現在我什麼都不怕了…

以這種惡魔般的方式來執行殺人任務。

嗚…

唰一…

嗚…

我們又被
hashshashīn
給幹掉了！

就這樣，**hashshashīn**
後來演變成拉丁語的
assassīnus。

原本「服下麻藥的人」
之意漸漸消失…

哎呀！
好可怕…

等到進入英語圈時，已
被當作 **assassin**
（暗殺者）之意來使用。

Don't worry about it.
不用擔心那個。

我也擔心哪
天被暗殺…

誰要暗殺像你
這種窮鬼啊！

用英文片語和外國人聊不完 | 119 ♫

all night 整個晚上

I dreamed all night. 我做了一整晚的夢。

She took care of her son in the hospital all night.
她整個晚上都在醫院照顧她的兒子。

They worked all night. 他們整夜都在工作。

這只是初期症狀，還不太嚴重！

真是太好了！

因為做太激烈的運動才會這樣！

我會注意的！

你跟我說說手肘的字源吧！我請你吃晚餐！

金先生！

蛤？

沒問題！

elbow 是由古代英語 **elnboga**（手肘）一詞演變而來的。

喔…

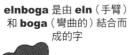

elnboga 是由 **eln**（手臂）和 **boga**（彎曲的）結合而成的字

它清楚指出了手臂彎曲的地方。

boga 是「弓箭」的意思，後來搖身一變成了英語的 **bow**。

它經常跟其他名字結合在一起，以複合語的方式出現。

就像 **elbow** 一樣

嗯…

I will play tennis all night.
我要打整晚的網球。

晚餐我請客！

希望我的手肘可以快點好起來！

用英文片語和外國人聊不完 | 121 ♪

by oneself 某人自己、獨自

I didn't do it by myself. 我並非自己完成。

He read many books by himself. 他自己看了很多書。

She couldn't do it by herself. 她無法獨自完成那件事。

She lifted the heavy box by herself. 她獨自抬起沉重的箱子。

抱著必死信念的雅典軍真是可怕！

嗚…

撤退！

哇～

我們勝利了！

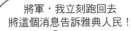

將軍，我立刻跑回去將這個消息告訴雅典人民！

這麼遠的距離，**Phidippides** 你可以嗎？

大家一定都在等這個好消息，我會一口氣跑回去的！

喘喘…

雅典人民，我們打贏了！

哇～

Phidippides 一傳達了這個好消息後，便因為筋疲力盡而死亡。

到了近代，重新恢復了奧林匹克運動會，在雅典舉辦了第一屆大會，並採納了長距離競跑為比賽的項目之一。

並為這個比賽項目取名為 **marathon race**。

好，我也決定了！

I decided to exercise by myself.
我決定要自己運動。

不要讓爸爸知道我自己去！

那個傢伙又不知道在搞什麼？

in the future 在未來、將來

What are you going to be in the future? 你將來要做什麼？
Who knows what will happen in the future? 誰會知道未來會發生什麼事？
I made a decision to be more careful in the future.
我決定以後要更慎重。

I'm going to be a TV star in the future.
我將來要當電視明星。

for example 例如、譬如

I like flowers. For example, a rose. 我喜歡花，例如玫瑰。
Shakespeare wrote many dramas, "Romeo and Juliet", for example.
莎士比亞寫了很多劇本，例如，「羅密歐與茱麗葉」。
For example, become a model. 例如，當模特兒。

最早的意思跟現在「才能」的意思，真的天差地遠呢！

是啊！

原本表示重量單位的 **talanton**，後來又演變成「每單位重量的銀」之意。

1talanton　　銀

talanton 現在變成了錢的單位。

1talanton!

多少錢？

因為要花錢才能買到才能，所以才變成現在「才能」的意思吧！

一定是這樣！

媽媽的推理很有道理呢！

沒錯！　拍手！

不是那樣哦！

錯！

不是嗎…？

新約全書的馬太福音裡有這一句話

And unto one he gave five talents, to another two, and to another one; to every man according to his ability. -Matthew 25:15

因此，依照個人能力的不同，有的給 **5 talents**，有的給 **2 talents**，有的給 **1 talent**。

聖經裡有這一句話！

對！

在中古世紀末，某位宗教家在解說這一句話時，

哈利路亞！

並沒有把 **talent** 解釋為錢的單位，而是將它比喻成「才能」之意。

賜予每個人才能…

之後，這個意思開始流傳開來，最後 **talent** 就變成「才能、天資」之意。

next to ~ 在~的旁邊

I sat next to her. 我坐在她的旁邊。

Our house is next to the school. 我們家在學校旁邊。

The shop is next to the corner. 那間店在轉角旁。

She placed her chair next to mine. 她將自己的椅子放在我的椅子的旁邊。

那時為了防止動物瀕臨絕種，會指定某些特定的森林區域，禁止打獵。

禁止打獵

這些森林當時被稱為 park，後來演變成現在的「公園」之意。

那時，park 一詞也用作動詞，表示「造公園」之意。

park

後來又衍生出「將大砲或車子放在某處」的意思。

到了近代，汽車逐漸發達了起來。

因此，又多出了「暫時停放交通工具」的意思。

我要逛一下市場，車先停一下！

煞車—

最後，就變成了「停車」之意。

奧利！

咦？

是瑪麗！

Mari's father parked his car next to ours.
瑪麗的爸爸把車停在我們車的旁邊。

煞車—

請根據中文句意，在空格內填入正確片語。

1. The road _____ fallen leaves.
   那條路被落葉覆蓋。

2. I _____ bowling.
   我對保齡球感興趣。

3. My _____ at my house for a party.
   朋友們都聚集在我家要開派對。

4. I want to be a farmer when I _____ .
   我長大後要當農夫。

5. They _____ their boss.
   他們正等著他們的老大。

6. I will play _____ .
   我要打整晚的網球。

解答：

1. is covered with　　2. am interested in　　3. got together
4. grow up　　5. are waiting for　　6. all night

下面這些片語你都會了嗎？不會的話趕快翻開下一章吧！

■ in order to~   ■ get off

■ for a long time   ■ instead of

■ get on   ■ at least

■ run away   ■ at once

Chapter 3
全家人的歐洲旅行

in order to ~ 為了~

He worked hard in order to succeed. 他為了成功努力工作。

She has gone to Britain in order to study English.

她為了學英文，去了英國。

She ran fast in order to catch the bus. 她為了搭公車跑得很快。

英語的 **bonus** 是原封不動地使用拉丁語的原形。

抱歉！

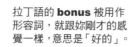

拉丁語的 **bonus** 被用作形容詞，就跟妳剛才的感覺一樣，意思是「好的」。

好的＝獎金，蠻吻合的呢！

原本的意思跟現在使用的意思會一樣的情況真的不多呢！

是啊！

到目前為止我們學到的字，大多都是跟原本的意思不同！

沒錯！

我要穿新衣過中秋！

媽媽！

要過節了，給奧利買件新衣服吧！

這可是特別存款！

不行！

特別存款？

I'm saving money in order to backpack next year.
我正為了明年的自助旅行在存錢。

呀呼！

太棒了！

用英文片語和外國人聊不完 | 133 ♫

take a trip (to ~) 去～旅行

I took a trip to South America. 我去了南美洲旅行。

Many Korean people like to take a trip in spring and autumn.
很多韓國人喜歡在春天和秋天時旅行。

We are going to take a trip in March. 我們三月會去旅行。

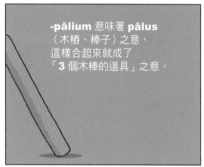

for a long time 在一段很長的時間裡、很久

I wanted to see you for a long time. 我想見你很久了。

She has been absent from school for a long time.

她很久沒來學校上課了。

He kept silent for a long time. 他沉默了很長一段時間。

後來又經歷了多次演變，最後進入了英文圈中。

因此，現代英語的 **travail** 用作名詞，成了「艱苦勞動，辛勤工作」之意。

在這裡又衍生出分娩的痛苦之意，即「分娩的陣痛」。

啊啊…

意思上又再進一步發展，成了走路讓「自己的肉體受苦」之意。

喘…

今天我一定要翻過那一座山！

世界上有很多新鮮有趣的事等我去發現！

之後，也有了「旅行」的意思。

現代隨著交通工具的發達，旅行已變成了輕鬆、有趣的事。

因此，**travel** 最早的「勞苦」之意消失，最後只剩下「旅行」的意思。

叮咚！

各位乘客，現在已經抵達桃園國際機場！

We may stay in the U.S. for a long time.
我們也許會在美國待上很長一段時間。

你們會在美國待多久？

謝謝您為我們講了這麼有趣的故事！

祝你們旅遊愉快！

get on ~ 搭乘

We got on the train at Taipei Main station. 我們在台北車站搭乘火車。

We'll soon get on our plane at Taiwan Taoyuan International Airport.

我們即將在桃園國際機場搭飛機。

I managed to get on the bus. 好不容易搭上了那班公車！

When we got on the plane, stewards and stewardesses welcomed us.
我們剛搭上飛機，男空服員和女空服員便熱情地迎接我們。

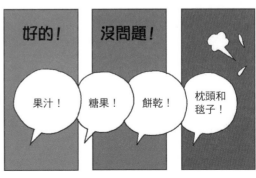

stig（＝stī）
豬圈
＋
weard（＝waden）
看守的人
因此，才有「看守豬圈
的人」之意。

in front of ~ 在～的前面

There is a bridge in front of the house. 房子的前面有座橋。
I stood in front of the teacher's desk. 我站在老師的桌子前面。
She was standing in front of me. 她站在我的前面。
Sit down in front of me! 坐到我的前面吧！

Ori is standing in front of the bus.
奧利站在巴士前面。

Sorry!

這傢伙害我丟臉死了！

你下次再這樣，會被警察抓走！

我錯了！

嘻～

看那裡！街上有馬車在走呢！

真的耶！好像童話故事裡的馬車哦！

那我們也搭一下巴士吧！

在發明汽車之前，人們所搭乘的驛站馬車，被稱為「巴士（bus）」。

？

那是馬車，不是巴士耶！

bus 來自於拉丁語的 **omnibus**，意思是「為了所有人」或「為了大眾」。

這台巴士開往市區！

駕～

後來，隨著汽車的普及，**omnibus** 一詞被用來當作人們所搭乘的汽車之意。

要搭 **omnibus** 嗎？

親愛的！

這個單字太長了，念起來麻煩！

那把這個省略掉吧！

omni

從此之後，便開始使用巴士（bus）一詞。

原來啊！

run away 逃跑、出走

The boy cried and ran away. 那個小男孩哭著跑走了。

They ran away as soon as they saw their teacher.

他們一看到老師就逃跑了。

Seeing the dogs, she ran away. 她一看到那隻狗，就跑走了。

第一次見到這種黑皮膚、黑頭髮、矮個子的民族

幹嘛這樣看我？

沒看過的人種呢！

肯定是從非洲的埃及那邊過來的種族吧！

對，沒錯！

喂，Egyptian！你唱首歌吧！

給錢我就唱！

因此，開始稱呼他們為 Egyptian，意思是「埃及人」。

後來，第一個字 E 被省略了，只稱呼 gyptian，最後又變成 gipsy。

E gyptian

但在法國，吉普賽人被稱為 Bohémien（波希米亞人）。

每個國家對他們的稱呼都不同呢！

法國人認為吉普賽人是來自捷克的波希米亞！

The gipsy stole my mom's bag and ran away.
吉普賽人偷了媽媽的包包後逃跑了。

抓住他！

get off ~ 從～下車

I get off the bus here every day. 我每天都在這裡下車。

If you go to the museum, you have to get off the train at the last station.
如果你要去博物館，就要在最後一站下車。

Passengers are getting off the bus. 乘客們正要從巴士下車。

Thank you!

你英語說得真棒！

弟弟！

您中文說得很好呢！

驚！

因為很多華人來這觀光，所以不得不學中文。

TAXI

司機叔叔你知道 **taxi** 的字源嗎？

taxi 的字源？

不知道…

原本是叫做 **taximeter-cabriolet** 的這個很長的字，後來慢慢簡化成現在很短的字。

taxi 跟 **tax**（稅金）是一樣的字，表示「費用」

meter 是計算單位的計量器。

cabriolet 原本是「馬車」之意，後來指「汽車」。

即，「安裝上里程器的汽車」之意。

可是這個字講起來實在太長，因此簡化為 **taxi-cab**，但念起來感覺還是很長，於是把後面拿掉，就成了現在的 **taxi**。

We got off the taxi.
我們從計程車上下車了。

帶你們抵達目的地囉！

TAXI

Bye-bye!

小朋友，謝謝你啊！

be busy ~ing 正忙於～

He is busy doing something. 他正忙於做某事。

A lot of students are busy preparing for the examination next week.
許多學生正忙著準備下周的考試。

I'm busy looking for a job. 我正忙著找工作。

我來解釋一下 capital 的意思吧！

沒錯！

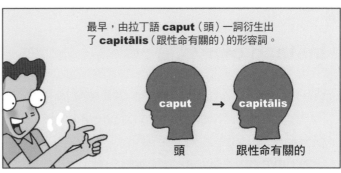

最早，由拉丁語 **caput**（頭）一詞衍生出了 **capitālis**（跟性命有關的）的形容詞。

caput → capitālis

頭　　　　　跟性命有關的

這個就是英語 **capital** 的字源由來。

capital

capitālis

caput

因此，英語裡的 **capital offence** 表示「關乎性命的罪」，即「死罪」之意。

我犯了死罪…

你這個賤民竟敢接近我女兒…

你違背了倫理，判你死刑！

而英語的 **capital punishment** 就是指「攸關性命的刑罰」或「斬首之刑」，即「死刑」之意。

砰！

晚餐準備好了嗎？

肚子好餓…

I'm busy looking for the chili sauce.
我正忙著找辣椒醬。

小心點！現在不要煩媽媽…

instead of ~ 代替~

We learned German instead of French. 我們學德文而不是法文。

He sent his brother instead of coming himself.

他自己沒來，而是派他的弟弟來。

She gave me advice instead of money. 她給了我建議，而不是錢。

那可以用什麼字來比喻「關乎性命的」呢？

性命？

因為性命只有一條，所以世界上任何一樣東西都無法取代它。

那就可以當作「重要的」、「第一的」的意思囉！

拍手！

因此，「巴黎」是法國第一的城市囉！

啊哈！

capital city
首都

又可以表示「頭」之意，所以大寫字母可以用這個字來表示。

capital letter
大寫字母

不過，capital 如果單獨以名詞來表示「首都」或「大寫字母」的意思，

是將後面的名詞省略掉而來的。

capital city
capital letter

講太多話了，口好渴⋯

Good!

老婆，有沒有什麼可以喝？

冰水可以嗎？

I want some orange juice instead of water.
不要水，給我柳橙汁吧。

Me, too!

be pleased with ~ 滿意、喜歡

The child is pleased with the toy. 孩子喜歡玩具。

I came to know that he was not pleased with his job.
我了解了他並不滿意自己的工作。

I am pleased with your success. 我為你的成功感到高興。

包頭巾稱為 **kerchief** 或 **coverchef**。

買盒火柴吧！

這單字是從法國流傳過來的。

French

English

cover 覆蓋 + **chef** 頭

意思就是附蓋在頭上的蓋子。

不過，這只能用來形容女性的頭巾。

好漂亮…

現在也是如此啊！

後來，**kerchief** 一詞在英語中，**chief**（頭）的意思逐漸被人忘卻。

最後，只剩下「布塊」的意思而已。

哇～好漂亮的 **kerchief**！

就是指拿在手上的布塊。

handkerchief

那圍在脖子（neck）上的布塊是什麼？

叫做 **neckerchief**（圍巾）！

對吧？

沒錯！

那我們去那間路邊攤買條手帕做紀念吧！

老公！

I am pleased with this handkerchief.
我喜歡這條手帕。

ROM

ROME

call on ~ 拜訪

I'll call on him tomorrow. 我明天會去拜訪他。

She called on her uncle on her way home from school yesterday.
她昨天在放學回家的路上，拜訪了她的叔叔。

A famous singer called on my school. 一位有名的歌手來拜訪了我們學校。

*祕密會議（**conclave**）：原本是拉丁語「上鎖的房間（**lockable room**）」或「帶著鑰匙（**with key**）」的意思，後來演變成（天主教）紅衣主教選舉教皇的祕密會議。

沒錯！門上的合頁有著讓門開或關的重要功能！

所以，在這裡衍生出「重要的地方」之意。

cardō 的形容詞

cardinālis（合頁的、重要的）

演變成名詞的

cardinal（紅衣主教）。

紅衣主教的職務在羅馬教會中占有很重要的角色。

你有看過紅衣主教的服裝嗎？

我記得他們的服裝是紅色長袍和圓形紅帽子。

所以頭上有冠，全身又紅通通的你，跟紅衣主教一模一樣，所以也叫你 cardinal。

哈哈！

你現在才知道嗎？我紅衣鳳頭鳥也叫做 cardinal。

媽媽，我想快點去梵蒂岡看看。

We called on Vatican City today.
我們今天拜訪了梵蒂岡城。

我要去看一下教皇！

當然啊，都來這裡了！

look for ~ 尋找

I looked for him for an hour. 我找了他一個小時。

We are looking for the young men speaking good English.
我們在尋找英語講得好的年輕人。

She is looking for her puppy. 她在找自己的小狗。

可是怎麼會變成相機的意思呢？

在中古世紀時，他們利用黑漆漆的盒子來做光學試驗，這個黑漆漆的盒子，拉丁語將它稱為「camera obscūra」。

camera
房間、箱子

+

obscūra
黑暗的

＝ 暗室

camera obscūra 是由
camera（房間、箱子）和
obscūra（黑暗的）二字組合而成，
意思是「暗室」。

後來，在這個黑漆漆的箱子上裝上了鏡頭，製作成相機。

加一個鏡頭試看看吧！

要把這個叫什麼好呢？
camera!

camera

哈哈，原來如此！

那我們一起在這裡合影留念吧！

來！

I looked for the camera for an hour.
我找了一個小時的相機。

咦？

我的相機呢？

跑去哪裡了？

真是健忘症！

你掛在脖子上的是什麼？

at least 至少

The book will cost at least 10 dollars. 那本書至少要 10 美元左右。

A child must sleep at least 8 hours a day.

小孩一天至少要睡 8 個小時。

You might at least apologize. 你至少該道個歉。

This seems to be more than 100 dollars at least.
這看起來至少也要 100 美元。

耳環好美哦！

哇～

好像很貴！

如果買了這個，今晚就要餓肚子了。

＊因 **911** 恐怖事件而被破壞的 **110** 層樓高的世界貿易中心（**WTC：World Trade Center** 即雙子星大樓）原本存在的位子。

既然都登上了紐約曼哈頓的帝國大廈，

放棄…

就該拍張照留念！

＊在 **The Empire State Building** 展望台所看到的景色：共 **102** 層，總樓高有 **381** 公尺，於 **1931** 年落成的這棟大廈，是紐約最著名的地標。在 **86** 樓和 **102** 樓都設有展望台，在這裡可以將曼哈頓市區及近郊風景一覽無遺。在照片的南方，可以看到都市的黃金地段，高樓大廈林立。現在因設有電視塔，高度又增加了許多。

我們國家的貨幣單位是「元」，那美國的貨幣單位是什麼？

媽媽！

是美元（dollar）！

美國的貨幣單位又怎麼會是美元呢？

在 16 世紀初時，波希米亞（Bohemia）還在德國的統制之下，

是這樣的！

有個名叫 Joachimsthal 的地方，以銀礦出名。

那裡有製作銀幣的造幣工程。

鏘～

我先來解釋一下 Joachimsthal 這個地名吧。

Joachimsthal

意思是「約阿希姆的山谷」。

Joachim s thal

約阿希姆　　所有格

德語中是山谷的意思，跟英語的 dale（山谷）是一樣的字源。

因此，在這個地方做出來的銀幣，就叫 Joachimsthaler。

這個字的意思就是「在約阿希姆的山谷製作出來的」。

不過，因為字太長了，所以後來被簡略成 Thaler。

撕一

Joachims thaler

at once 立刻、馬上、立即

He came back at once. 他馬上回來。

You had better start at once, or you'll miss the train.

你最好馬上出發，不然你會錯過那班火車。

No one can do two things at once. 沒有人可以同時做兩件事。

dollar	美國	euro	歐盟
pound	英國	rupee	印度
yen	日本	won	韓國
yuan	中國	ruble	俄羅斯

在這邊整理幾個主要國家的貨幣單位吧！

太多了！

總之，美國的 **dollar** 目前作為世界通用的貨幣。

那是不是不論在哪個國家都可以用美金買東西呢？

可以這麼說！

不過，我們什麼時候要去阿姨家呢？

說好要見面，我卻忘了！

哎呀…

離約好的時間，沒多久了…

慘了…

We must go to the subway station at once.
我們必須馬上去地鐵站。

弄不好的話，也許會在紐約

成為無處可去的流浪漢

喘…

look at ~ 看～

Look at that beautiful rainbow! 看那美麗的彩虹！

We looked at each other for a moment. 我們互相注視對方一會兒。

What are you looking at? 你在看什麼？

I'm looking at the dancing girl. 我在看跳舞的女孩。

請根據中文句意，在空格內填入正確片語。

1. We are ＿＿＿＿＿＿＿＿＿＿ Europe.
   我們要去歐洲旅行。

2. Ori is standing ＿＿＿＿＿＿＿＿＿＿ the bus.
   奧利站在巴士前面。

3. We ＿＿＿＿＿＿＿＿＿＿ the taxi.
   我們從計程車上下車了。

4. I ＿＿＿＿＿＿＿＿＿＿ this handkerchief.
   我喜歡這條手帕。

5. I ＿＿＿＿＿＿＿＿＿＿ the camera for an hour.
   我找了一個小時的相機。

6. We must go to the subway station ＿＿＿＿＿＿＿＿＿＿.
   我們必須馬上去地鐵站。

4. am pleased with	5. looked for	6. at once
1. are taking a trip to	2. in front of	3. got off

解答：

下面這些片語你都會了嗎？不會的話趕快翻開下一章吧！

- at last
- by the way
- go by
- all at once

- get off
- set out
- get along
- try on

Chapter 4

奧利的美國夢

Thanksgiving Day & Turkey

嗷泣…

＊奧利的爸爸回到台灣，只有奧利跟媽媽去了阿姨家。

肚子好餓，爸爸回國了覺得好空虛！

菜快煮好了！

咕嚕咕嚕…

叮咚♫

哇～

今天的主菜終於上桌囉！

哇～美國的雞好大哦！

呵呵呵！

阿姨！

這不是雞，是火雞。

At last here is the main meal.
主菜終於上桌囉！

at last 最後、終於

At last we found it. 我們終於找到它了。

They passed the test at last. 他們終於通過考試了。

The train arrived at last. 那班火車終於抵達了。

火雞？

在感恩節（**Thanksgiving Day**）這種盛大的節日裡，這裡會以烤火雞當作主菜。

是啊！

託姊姊的福，我生平第一次吃到火雞料理呢！

在西方，感恩節是僅次於聖誕節的重要節日呢！

不過，感恩節是什麼樣的節日呢？

簡單來說，就像我們的中秋節一樣。

奧利，你有聽過五月花號（**The Mayflower**）這艘船的名字嗎？

那是以前英國清教徒所搭乘的船隻嘛！

當然！

他們因為受到宗教的迫害，所以離開了祖國！

沒錯！

They left their country because of religious persecution.
他們因為受到宗教的迫害，所以離開了祖國。

because of ~ 因為、由於

I couldn't go out because of the rain. 因為下雨，我不能出門。

He cannot work because of his age. 他因為年紀，而無法工作。

The game was called off because of heavy rain. 因為下大雨，比賽被取消了。

現在在英國的國土，已經無法過自己的信仰生活了。

那麼，我們離開這裡吧！

去哪裡？

去離英國很遙遠的新大陸吧！

在那裡守護我們的信仰吧。

Let's go to the New World far from England.
我們去離英國很遙遠的新大陸吧！

far from ~ 遠離、與～很遠

Our house is not far from the school. 我們家離學校不遠。

She is far from studying hard. 她根本不念書。

He is far from sad. 他不難過。

我害怕…

Don't worry!
別擔心！

那邊沒有像這裡一樣有聖公會的人會迫害我們！

而且，也沒有欺壓我們的國王跟貴族…

真的嗎？

是啊！雖然還是有些不安，但那裡是能夠以我們想要的方式來生活的地方。

We agree with you in your opinion!
我們同意你的意見！

agree with ~ 同意～

I agree with you. 我同意你的想法。

We agree with you in all your views. 我們完全同意你的想法。

I cannot agree with you on the matter. 針對這個問題，我無法同意你的想法。

歷經了千辛萬苦，最後生存下來的人們都感謝老天爺賜給他們大豐收。

他們也邀請了平日在耕種生活中給予他們大力幫助的印地安人，一起舉辦了連續三天的感恩慶典。

Welcome!

恭喜你們大豐收啊！

去捕獵一些能在慶典上招待賓客的食材吧。

到處都是火雞呢！

砰！

就這樣，野生的火雞便成了節慶上的食材。

以此為契機，從此火雞就成了感恩節時，一定要端上桌的主菜。

所以，只要提到美國，就會讓人聯想到火雞！

不過，代表美國的鳥不是白頭禿鷹嗎？

原來如此！

By the way, I know the American eagle represents America.
順便提起，據我了解代表美國的鳥是白頭禿鷹。

by the way 順帶一提、不過

By the way, it began to rain then. 不過，那時下起了雨。

By the way, I'm not going to the park today. 順帶一提，我今天不會去公園。

By the way, have you seen the movie? 順帶一提，你有看過那部電影嗎？

It made me branded as a defeatist forever.
你們在我身上烙下了永遠是失敗者的印記。

forever 永遠地

People will remember his name forever. 人們永遠都會記住他的名字。

I'll love you forever. 我永遠愛你。

His name will live forever. 他的名字將永垂不朽。

He is the man who found out the New World.
他是發現新大陸的人！

find out 找出、發現

I found out where he had gone. 我知道他去哪裡了。

We found out that the train would be late.

我們發現火車會晚一點。

另一種說法就是印地安人將這種鳥稱為 **Firkee**。

那是什麼鳥？

Firkee!

後來這個字就演變成了 **Turkey**，對吧？

最後一種說法是 **Turkey** 一詞

沒錯！

是來自於火雞的叫聲，牠們會發出 **turc, turc, turc** 的聲音。

turc, turc, turc!

從這種叫聲，逐漸演變成 **Turkey** 一詞。

其中，我覺得第一種是正確的。

我覺得是第二種！

呵！

Most of all, I think the first is right.
其中，我覺得第一種是正確的。

most of all 其中、最重要的

I wanted to see him most of all. 最重要的是，我希望能見到他。

Most of all, I'd like to make friends with the boy.

最重要的是，我想跟那位男孩成為朋友。

反正，後來就有了 **Turkey** 這個名字囉！

明天帶你去看尼加拉瓜瀑布吧！

哇～

I didn't know time went by.
我不知道時間過這麼快。

go by （指時間）過去、消逝

A car went by at full speed. 那輛車以最快的速度駛過。

10 years have gone by since we met each other in Taipei.

自從我們在台北見面，已經過了十年的歲月了。

It's snowing all at once.
突然下起了雪。

all at once 突然

All at once it began to rain. 突然下起雨來。

All at once a big fire broke out in the city last night.

昨天晚上都市突然發生大火。

Turn off the light!
關燈了！

turn off ~ 關掉

Please turn off the radio. 請把收音機關掉。

She turned off the TV in order to go to sleep. 她為了要睡覺，將電視關掉了。

Don't forget to turn off the light. 別忘記要關燈。

I went to bed late.
我很晚才睡覺。

go to bed 睡覺

I usually go to bed at 10. 我通常晚上 10 點睡覺。

I went to bed late yesterday. 我昨天很晚睡。

She went to bed early because she was tired. 她因為很累，所以很早就睡了。

The Niagara Falls

嘟嘟…

我是奧利，昨天晚上沒打電話給你。

爸爸！

現在準備要跟阿姨她們一起去尼加拉瓜瀑布。

要是爸爸也能一起去就好了。

只有我們去，有點遺憾！

這麼快就想老公了？

我向爸爸打過招呼了。

I said hello to my father.
我向爸爸打過招呼了。

say hello to ~ 向某人問候、和某人打招呼

Say hello to your father. 替我問候一下你的父親。

I ask you to say hello to Ori. 請你幫我向奧利問好。

Please say hello to her for me. 請代我向她問好。

pay for ~ 支付、為~付出代價

I paid for the books. 我支付了書的費用。

He needs a lot of money to pay for the new car.
他需要很多錢來支付新車的費用。

right now 立即、馬上

You had better start right now. 你最好立即出發。

I need some money right now to buy it.
我現在需要一筆錢來買那樣東西。

He has already made friends with the girl sitting in the next seat.
他很快就跟坐在旁邊的女孩子熟悉起來。

make friends with ～ 與～友好、與～熟悉

I made friends with her. 我跟她變得熟悉了。

He made friends with a lot of girls in his class.

他跟他班上的很多女孩子都處得很好。

We arrived at a sightseeing place on time.
我們準時抵達了觀光景點。

on time 準時

The train arrived on time. 那班火車準時抵達。

The plane left Incheon international airport on time this morning.
那架飛機今天早上準時在仁川機場起飛。

那座橋叫作
Rainbow Bridge，
是連接美國和加拿大的橋。

照片的左邊是加拿大，
右邊是美國的土地。

我一直期待能來這裡。

哇，
太帥了！

接下來，我們就
要跨過這座橋，
前往加拿大。

I looked forward to coming here.
我一直期待能來這裡。

look forward to ~ 期待、期盼

We are looking forward to the summer holidays.
我們期待暑假的到來。
We look forward to your attendance. 我們期盼你的參與。

導遊叔叔，**Niagara** 是什麼意思呢？

噗噗一

小帥哥，不要急，我正要解釋呢！

啊！

Niagara 源自印第安語，意為「雷神之水」。

轟隆隆一

哇～水落下的瀑布聲比雷聲還大聲呢！

好可怕…

這表示神明現在很生氣！得快點獻上祭品才行！

因此，才會流傳每年都以美女當作祭品來供奉神明的悲傷傳說。

嗚嗚嗚…

這個瀑布是由法國傳教士（**Louis Hennepin**）神父在 1678 年發現，並在西方傳開來。

美國瀑布

加拿大瀑布

這個瀑布被劃分成美國和加拿大兩邊，加拿大那邊的瀑布規模和景觀更為壯觀。

據推算尼加拉瓜瀑布是在最後的冰河時期時形成的。

由於受到每年不斷地沖刷與侵蝕，在冰河時期時，原本的瀑布位置是比現在 **10km** 還低的下層處。

10km

美國的瀑布夜景

這是今天晚上要住的飯店。

哇～

先在這裡享用晚餐，再休息一會兒。

接著，我們再前往展望台。

這是今天最棒的行程！

Next time we are moving to an observatory.
接著，我們再前往展望台。

next time 下次、然後、接著

I'll tell you an interesting story next time. 下次我再跟你說一個有趣的故事。

I hope you'll do your best in the English test next time.
我希望你下次能在英語考試中盡你最大的努力。

遠遠就可以看到美國的瀑布！

哇～好高！

轟轟轟…

加拿大的瀑布夜景

The American waterfall is seen far away.
遠遠地就可以看到美國的瀑布。

far away 遠遠地

She is now far away. 她現在在很遠的地方。
A bird got out of the cage and flew far away. 鳥逃出鳥籠後，飛得遠遠地。
Her mind is far away. 她的心思不在這裡。

真是美麗的夜景！

所以才會有這麼多遊客來到這裡！

一年約有 **1200** 萬名的遊客會來此地。

哇～

光是觀光收入就不少了吧？

Hurry up, or we'll miss our party.
趕快,不然會跟不上同團的。

hurry up 快一點、趕快

Let's hurry up! 趕快!

Hurry up, or you'll be late for school! 快點,不然上學會遲到!

Hurry up, or you'll miss the train! 趕快,不然會趕不上火車!

I caught a cold.
我感冒了。

catch a cold 感冒

I caught a cold last week. 我上禮拜感冒了。

I'm afraid you'll catch a cold in this cold weather.

我擔心天氣這麼冷你會感冒。

be ready to(for) ~ 準備做某事、做好~的準備

I am ready for today's English examination.

我已經為今天的英語考試做好準備了。

Are you ready to order? 你準備好要點餐了嗎？

once more 再一次、再度

Read it once more. 再讀一次吧。

He told me that he would come to see me once more.

他告訴我他會再來看我。

Popeye

玩了那麼多天，奧利看來累了呢！

睡得真熟！

砰！

怎麼了？

對不起，車子故障了。

什麼時候才能回家？

哎呀…

肚子餓了…

我也是！

咕嚕嚕…

Sorry, my car broke down.
對不起，車子壞掉了。

break down 停止運轉、故障、壞掉

The machine broke down. 那台機器故障了。

That computer is so old that it often breaks down.

那台電腦太老舊，經常會故障。

我們下車去吃晚餐吧！

我們去 Popeyes 吧！

美國真的是速食天堂呢！

司機叔叔應該也餓了，這個拿給他吃吧！

謝謝！

叔叔，給您吃！

還沒修好嗎？

我正盡我最大的努力。

I am doing my best.
我正盡我最大的努力。

do one's best 盡最大的努力

Everyone should do his best. 所有人都必須盡自己最大的努力。
You should do your best in studying English.
你應該盡全力學英文。

阿姨，司機叔叔說謝謝妳！

呵呵！司機叔叔肯定也餓了！

奧利～你有聽過 Popeye（大力水手）這個名字嗎？

Popeye?

We were very young at that time.
那時候，我們還很年輕！

at that time 那時候

He was very busy at that time. 他那時很忙。

I was staying in New York with Father at that time.

我那時跟爸爸在紐約。

但是為了他心愛的女朋友奧莉薇，什麼危險他都不怕！

不過，真的吃了菠菜，力氣就會變大嗎？

呵呵，我們小時候也信以為真，吃了很多菠菜呢！

哈哈哈～

力氣會變大，這是完全沒有根據的。

不過！

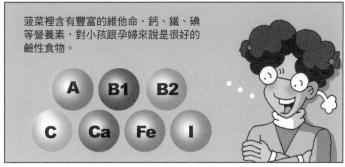

菠菜裡含有豐富的維他命、鈣、鐵、碘等營養素，對小孩跟孕婦來說是很好的鹼性食物。

A　B1　B2　C　Ca　Fe　I

Popeye（大力水手）是如何誕生的呢？

妳！

大力水手這個漫畫是 1929 年時在美國某報紙上初次開始連載。

是由作者 E·C·西格（Elzie Segar）所畫的《Thimble Theatre》連環漫畫。

大力水手一開始只是以配角的身分出道，

因後來受到讀者熱烈的喜愛，才一躍晉升為主角。

這都多虧了菠菜，有了它我什麼都不怕！

砰！

Aunt thought for a moment.
阿姨想了一會兒。

for a moment 一會兒、片刻

It stopped raining for a moment. 雨停了一會兒。

They stood there for a moment, and then ran away in a hurry.

他們在那裡站了一會兒，後來急忙跑走了。

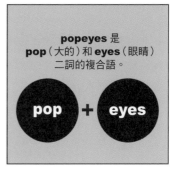

The car set out late at night.
車子在深夜時才出發。

set out 動身、出發

We'll set out for Seoul this evening. 我們今天晚上將出發前往首爾。

The train set out yesterday. 那班火車是昨天出發的。

Indian Summer

今天天氣真好！

前兩天天氣冷到還會下霜呢！

昨天晚上就變暖和了。

像這種天氣，這裡叫作「印第安的夏天」。

Indian Summer!

Indian Summer?

指在冰天雪地的寒冬裡下了第一次霜後，

沒錯！

又再次像秋天一樣，變成風和日麗的好天氣。

而且，夜晚經常起霧，這種溫暖的天氣大約會持續 **2-3** 周左右。

這是 **10** 月跟 **11** 月之間的晚秋，

在北美大陸的北部地區會出現的氣候現象。

這段期間學生們會重新換上

短袖襯衫和短褲去上學。

他們脫了襯衫。

好熱～

這段時間是寒流休息的時間嗎？

Indian Summer 一詞的由來，最早出現於 **18** 世紀末的記錄中。

They put off their shirts.
他們脫掉襯衫。

put off ~ 脫掉、去除、延遲

I would like to put off my glasses. 我想拿掉眼鏡。

Never put off till tomorrow what you can do today. 今日事，今日畢。

My mom and aunt looked at me at the same time.
媽媽和阿姨同時看著我。

at the same time 同時

They looked at me at the same time. 他們同時看著我。
He was a statesman and at the same time a poet.
他是政治家,同時也是詩人。

My opinion is different from yours.
我的想法跟你的不同。

be different from 與～不同、和～不一樣

Our customs are different from yours. 我們的習慣跟你們的不一樣。

I found out that our opinions were different from theirs.

我發現我們的意見跟他們的不同。

Blue Jeans

天氣那麼好，我們穿簡單點出門吧！

穿這件褲子吧！

這件太厚太粗糙了，我不想穿！

多帶來的褲子，只有這件了！

跟你現在穿的上衣蠻配的啊！

真的嗎？

這種褲子較不怕髒，也不容易皺…

好啦！我穿就是了…

碎念…

來公園享受涼爽的微風跟和煦的陽光…

人類果然適合居住在大自然裡…

公園到處都是樹木。

> **There are lots of trees here and there in the park.**
> 公園到處都是樹木。

here and there 到處、各處

They were running here and there. 他們到處跑來跑去。
We looked for him here and there in our school.
我們在學校四處找他。

> **Nancy became more and more beautiful.**
> Nancy 變得愈來愈漂亮了！

more and more 愈來愈

The story got more and more exciting. 這故事愈來愈有意思了。
More and more people began to gather to see the scene.
愈來愈多人聚集過來看這一幕。

get along 過活、度日

We cannot get along without money. 我們沒有錢日子過不下去。

Is your sister getting along? 你妹妹過得好嗎？

Many people can get along on the salary. 很多人都靠薪水過活。

Richard has been bringing up ten children.
理查扶養十個小孩。

bring up ~ 扶養、培養

She brought up three children. 她扶養三個小孩。

He was brought up by his uncle. 他是被他的叔叔扶養長大的。

He brought up a dog and a cat. 他養了一隻狗跟一隻貓咪。

I happened to meet the man in the street.
我在路上偶然遇到那個人。

happen to ~ 發生～、偶然～

Nothing happened to him. 他沒發生什麼事。

I happened to meet her on my way home from school yesterday.
我昨天放學回家的路上偶然遇見她。

I shook hands with him.
我跟他握了手。

shake hands (with~) 和~握手

He shook hands with me and went away in a hurry.

他跟我握手後便匆匆離開了。

They shook hands with each other. 他們互相握了手。

I am going to Taiwan before long.
不久我就要回台灣了。

before long 不久

Our teacher will leave school before long. 我們老師不久就要離開學校了。

You'll speak English very well before long if you study it harder.

如果你更認真學習，不久你的英文就會講得很好。

up to ~ 達到~

Up to that time, all had gone well. 直到那時,一切都很好。

Up to now, he is a student. 直至目前為止,他還是個學生。

I counted from one up to thirty. 我從一數到三十。

I tried on a new dress.
我試穿了新衣服。

try on ~ 試穿（衣服）

This is a new dress for you. Try it on! 這是給你的新衣服。穿穿看吧！

She wanted me to try it on. 她希望我穿上那個。

I tried on a new suit. 我試穿了一套新西裝。

你知道牛仔褲（**blue jeans**）的由來嗎？

奧利！

因為是牛仔穿的褲子，所以叫牛仔褲吧？

blue jeans 是李維・史特勞斯（**Levi Strauss**）這個人所發明的。

不要指我！

他原本是德國人，在 **1850** 年移民到美國舊金山。

駕～♪

San Francisco

為了一獲千金，許多人來到了這裡。

哇！

黃金！黃金！黃金！

那時，李維・史特勞斯是靠著販賣帳篷用布跟馬車的用布

我對黃金沒興趣，只要多賣一點布就好！

給那些採金礦的礦工來維持生計。

給我帳篷和馬車用布！

某天，他聽見了一位礦工在抱怨…

做這種危險的工作，衣服很快就破了！

如果有一種布可以耐磨又耐穿就好了…

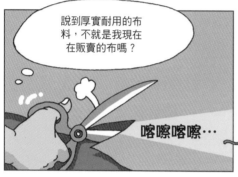

Let's keep in touch with one another!
我們要經常連絡彼此！

one another 互相、彼此

We should help one another. 我們要互相幫助。

They enjoyed talking with one another for some time.

他們喜歡彼此聊天。

按字母順序查
英文片語

a lot of ~   84
agree with ~   167
all at once   172
all night   120
and so on   40
at first   42
at least   156
at once   158
at that time   186
at the same time   192

be afraid of ~   70
be busy ~ing   146
be covered with ~   72
be different from   193
be famous for ~   74
be filled with ~   8
be full of ~   76
be good at ~   10
be interested in ~   78
be made of ~   12
be over   80
be pleased with ~   150
be proud of ~   82
be ready to (for) ~   183
be surprised at ~   14
because of ~   165
before long ~   200
between ~ and ~   92
break down   184
bring up ~   197
by the way   168
by oneself   122

call on ~   152
catch a cold   182
come from ~   86
come true   20
come up   18
come up to ~   88

day after day   44
do one's best   185

each other   46

far away   181
far from ~   166
find out   170
for a long time   136
for a moment   188
for a while   50
forever   169
for example   126
for oneself   52
from now on   48

get along   196
get off ~   144
get on ~   138
get together   90
get up   22
go by   172
go to bed   173
grow up   94

happen to ~   198
have a good time   96
here and there   195
hurry up   182

in front of ~   140

in order to ~   132
in the future   124
instead of ~   148
laugh at ~   98
little by little   54

look after ~   100
look around   24
look at ~   160
look for ~   154
look forward to ~   178
look into ~   102
look like ~   26

make a mistake   104
make a speech   106
make friends with ~   176
make use of ~   28
make up one's mind (to ~)   108
more and more   195
most of all   171

next to ~   128
next time   180
not ~ at all   56

on foot   58
on one's way   60
on time   177
once more   183
one another   205
over there   62

pay for ~   175
pick up   30
plenty of ~   64
put off ~   191
put on ~   32

right now 175
run away 142

shake hands (with) ~ 199
say hello to ~ 174
say to oneself 16
set out 189

take a trip (to ~) 134
take a walk 110
take away ~ 34
take care of ~ 112
take part in ~ 114
take up ~ 36
thanks to ~ 66
try on ~ 202
turn off ~ 173

up to ~ 201

wait for ~ 116
wake up 38
worry about ~ 118

可以知道字源由來的
英語單字

alarm 23
album 36
ambition 20
arrive 59
assassin 118

biscuit 75
blue jeans 194
bonus 132
book 30

boss 117
bride 88
bus 140

camera 154
canary 160
capital 146
cardigan 33
cardinal 152
cattle 19
circus 80
club 115
coach 83
cunning 42

derrick 10
desire 54
diary 48
doll 64
dollar 156

elbow 120

family 112
fan 76
farm 94
fine 66
fool 26

gipsy 143
goodbye 46

handkerchief 150
helicopter 103
hobby-horse 110
humor 14
husband 93

indian summer 190

infant 100
ink 8
lady 96
library 62
lobby 24
lord 98

magazine 50
marathon 122

neighbor 71
nice 106
noon 38

pamphlet 34
park 128
pen 28
pencil 12
popeye 184
prince 86

riddle 52
road 72

savage 104
school 60
silly 56
slogan 44
soldier 108
steward 138

talent 124
taxi 144
Thanksgiving Day 164
the Niagara Falls 174
toast 40
travel 134
turkey 164

國家圖書館出版品預行編目（CIP）資料

用英文片語和外國人聊不完:片語用得好，話題
不怕少! / 金暎焄, 金炯奎 合著. -- 初版. -- 臺
北市：易富文化, 2017. 10
　面；　公分
ISBN 978-986-407-085-5(平裝附光碟片)

1. 英語 2. 慣用語

805.123　　　　　　　　　　106014025

用英文片語
和外國人聊不完

書名 / 用英文片語和外國人聊不完：片語用得好，話題不怕少!

作者 / 金暎焄、金炯奎

譯者 / 呂欣穎

發行人 / 蔣敬祖

出版事業群副總經理 / 廖晏婕

副總編輯 / 劉俐伶

執行編輯 / 黃怡婷

校對 / 劉兆婷、蔡曉芸

排版 / 健呈電腦排版股份有限公司

法律顧問 / 北辰著作權事務所蕭雄淋律師

印製 / 金漾印刷事業有限公司

初版 / 2017 年10月

出版 / 我識出版集團—懶鬼子英語

電話 / (02) 2345-7222

傳真 / (02) 2345-5758

地址 / 台北市忠孝東路五段372 巷27 弄78 之1 號1 樓

郵政劃撥 / 19793190

戶名 / 我識出版社

網址 / www.17buy.com.tw

E-mail / iam.group@17buy.com.tw

facebook 網址 / www.facebook.com/ImPublishing

定價 / 新台幣299 元 / 港幣100 元（附光碟）

기적같은 영숙어

總經銷 / 我識出版社有限公司業務部

地址 / 新北市汐止區新台五路一段114號12樓

電話 / (02) 2696-1357　傳真 / (02) 2696-1359

地區經銷 / 易可數位行銷股份有限公司

地址 / 新北市新店區寶橋路235巷6弄3號5樓

港澳總經銷 / 和平圖書有限公司

地址 / 香港柴灣嘉業街12號百樂門大廈17樓

電話 / (852) 2804-6687　傳真 / (852) 2804-6409

2011 不求人文化

2009 懶鬼子英日語

I'm 識出版集團
I'm Publishing Group
www.17buy.com.tw

2006 意識文化

2005 易富文化

2004 我識地球村

2001 我識出版社

2011 不求人文化

2009 懶鬼子英日語

我識出版集團
I'm Publishing Group
www.17buy.com.tw

2006 意識文化

2005 易富文化

2004 我識地球村

2001 我識出版社